文芸社セレクション

めぐみの町で

しろいくも
SIROIKUMO

JN112862

文芸社

主な登場人物

花田 知子　会社員
小田 藤也　知子の上司・係長
　　進　藤也の父
　　陽子　藤也の母
　　紀子　藤也の妻（旧姓橋田）知子の元同僚
　　健　藤也と紀子の息子
　　三郎　藤也の叔父
橋田 誠　紀子の父
　　早苗　紀子の母
　　実　紀子の弟
中村 薫　藤也の親友
山岸 精一　町の住人
石田 かえで（旧姓広田）紀子の親友
ママ　バー〈町子の家〉のオーナー

めぐみの町で

本作品はフィクションです。
舞台は茨城県県南。千葉県との県境には利根川が流れる。

プロローグ

都内の八王子に近いファミレスで大学を卒業したばかりの三人の女子が集まり食事を兼ね談笑していた。

ショートカットで色白、笑うとえくぼがかわいい元気な女の子、花田知子が言った。

「ねえ、かおりはいつ田舎に引っ越すの？　実家は確か盛岡でしょ。結婚の予定は？」

矢継ぎ早に質問された長い髪のおとなしそうな女の子、荒木かおりが答える。

「引っ越しは来週よ。二人ともその日はお仕事でしょ。手伝いはいいからね。弟が来てくれる予定になってるから。結婚はまだ、未定」と、にっこりして言った。

「彼氏は手伝いに来ないの？」そう言ったのは榎真弓。ボブの髪、眼鏡をかけ、色黒で化粧っ気がない。落ち着きのある雰囲気。

「旅館の跡継ぎだから忙しいの。向こうに行けば会えるし、足手まといになりたくないの。頼りがいがあるし、愛してくれているから私、幸せ」

「はい、はい、はい。わかりました」

あとの二人は毎度ののろけなのでうんざりしながらも聞いている。真弓は話を知子に振った。

「知子の会社は四月一日からでしょ」

知子は目を輝かせ答える。

「そうよ。ドキドキするわ。まず、オリエンテーションがあって、それから各々の部署に配属されるの。彼氏を絶対見つけるつもり。きっと、私に適した人が何処かにいるはず」

夢見るような知子に真弓が水を差す。

「四年も東京にいて見つからなかったんでしょう。これからだってわからないわよ。あまり夢見て変な人に引っかかるんじゃないわよ。相手をよく見て付き合うのよ。いいわね。知子は全く恋の免疫がないんだから心配よ」

真弓はいつもよく見ている。

「大丈夫よ。もう二十二歳なんだから。それより真弓は静岡に帰って小学校の先生になるんでしょ。人のことも大事だけど自分のほうはどうなの。彼とは卒業を機に別れたって聞いたけど」

真弓は、ずれた赤ぶちの眼鏡を人差し指で押し上げ答えた。

「当分は仕事一筋。男なんてみんな同じようなものよ」

その言葉に反応し、かおりが二人を交互に見ながら、

「仕事もいいけど、結局は男なしの生活はつまらないと思うわ。二人とも早く相手を見つけて結婚を考えてね。自分の短所を補ってくれるだけじゃなく、幸せも共有できる。安心感を与えてくれるのよ。男の人は」

知子と真弓は顔を見合わせ噴き出した。

「かおりに説教されるなんてね」

三人は顔を見合わせ、周りの人にかまわず大笑いをした。


三月末の土曜日の朝。利根川土手の桜並木は花盛り。

東の空に昇った太陽は、先ほどまでのモノクロの世界を一気に色あるものに変えた。取手東線を走る車の台数や、犬を散歩に連れ歩く人々が増え、朝の活動が早くも

開始されている。

犬は小走りしていたが、排泄を済ませると、何を探しているのかアスファルトに鼻をつけんばかりに嗅ぎまわったかと思うと、再び小走りで去っていく。飼い主達は互いに犬の名前にパパ、ママをつけ挨拶を交わしていた。

小田藤也は日々繰り返されるいつもの風景に笑みを見せた。彼は二十八歳。この土地で生まれ育ち、東京の大学在籍中から本日に至るまで、特に予定がない限り週末に戻り、故郷の朝を楽しんでいる。身長は一八〇センチと高く、筋肉質。鼻筋が通りいわゆるソース顔。目元はすずしく口元は意志の強さを表していた。

利根川を挟んだ向こうは千葉県我孫子市。利根川は日本一の川だが上流はともかく、ここは徳川家康時代から耕作地を増やし、江戸までの物流の為に作られた川である。川の流れは主に霞ケ浦に流れていたが、現在、多くの水が銚子方面に流れ太平洋に注がれる。

土手から望む利根川は、深い緑の水をたたえ湖水のように動きが見えない。しかし、一旦、大雨が降ると川幅を広げ、上流の汚れを一気に押し流し、水害を恐れる流域の人々を脅威に貶めるのである。先の大震災の折には逆流しその流れは取手大橋まで達したと聞いた。

川の周辺は野鳥の宝庫でもあり、休日ともなると釣り人やアマチュア写真家がよく訪れる。

藤也は振り返って眼下に広がる町を見た。ひと月もすれば田植えの季節、早苗がそろうのもあとわずか。

田んぼ周辺を多数の団地が占め、旧住民の比率はかなり少なくなった。

遠くに筑波山の頂きが見える。橋からは遠景の富士山が、空が青く大きく広がっている。

藤也はこの町を愛していた。

（一）

電車の中で足踏みをしても会社に近づく時間が変わらないと承知しているが、動きを止めることは容易ではない心境だった。

本日は入社初日。目覚まし時計をセットしていたはずなのに、いつのまにか止めていたようだ。花田知子は歯磨き、化粧もそこそこに朝食も摂らずに出勤しようとしていた。

電車のドアが開くのを待ちかねて、開くと同時に会社までダッシュで走る。腕時計を度々確かめながらやっとのことで会社にたどり着いた。

玄関の自動ドアが開き、入ってすぐに誰かの背中にぶつかった。

入社初日は「ごめんなさい」で始まった。顔を上げると、背が高く、並びのいい歯を見せて、にっこり笑うイケメン社員。思わず胸に下がった社員証と左手薬指の指輪を確かめる。名前は小田藤也。指輪がなかった。

「慌てないで、気を付けて！」低音の笑いを含んだ素敵な声を後ろに、周りのくすくす笑いも何のその、会場に駆け付け付け席に着く。

一ケ月の予定のオリエンテーションは、参加者は男性社員が多数を占めた。全国から集められたリクルート姿の精鋭達（だと思う）。

受付でもらった資料を広げてみると、土・日・祭日を除きスケジュールがぎっしりと詰まっている。

四十代の男性社員が挨拶を終えると、補佐役と思われる若い社員が資料の確認、スケジュールの説明、注意事項等々を話し、後はそれぞれの項目の担当者が話を続けた。

再び小田藤也を見かけたのは本社見学の折、書類を片手にきびきびと働いていた。できる人との印象を持った。

目が合った。満面の笑顔を送ると、目じりに皺を寄せた笑いの混じる笑みが返ってきた。

赤い糸の先みーつけた。

一ケ月後、本社営業部の辞令を受けた。小田藤也と同じ部署。しかも彼は係長。知子は彼の直属の部下となった。瓢箪から駒。棚からぼた餅。後なんか表現があったかしら。超ラッキーとの思いもつかの間、係長は婚約、結婚。夢破れたが、思いは捨てられず、言い寄る男どもをかわしながら係長一筋。片思いとわかっていながら同じ部署で働けることの喜びを嚙みしめていた。

しかし、その後あこがれの係長に思いもよらない試練が待ち受けていたのである。

（二）

さかのぼること半年前。

「結婚を前提に付き合ってくれないか」と藤也は橋田紀子にプロポーズをした。

紀子は色白で身長は藤也より頭一つ分低く、まあまあの見栄え。気取りのない明るい性格のせいか、男性社員に人気があり、女性社員ともうまく付き合っているようだった。普段は挨拶と業務連絡ぐらいでほとんどしゃべる事がなかったが、あの朝は特別だった。

「係長、顔色が悪いですよ。ちゃんと食事はなさっていますか」

笑みをたたえての言葉と、入れてくれたコーヒーに、疲れがわずかに回復するのを覚えた。

それを機に食事に誘い、幾度かデートに誘い、体を重ねた。

誘われるまま彼女の家を訪問した。

郊外の建売住宅に住む家族は、父の名は誠・公務員、母・早苗は専業主婦だった。彼女は人当たりがよく、その上料理がうまく、園芸が趣味でいつも庭には季節の花が咲いていた。弟・実は大学生で将来はジャーナリストを志望していた。弟の性格は快活で話題が豊富、すぐに藤也と打ち解けた。弟のいない藤也は彼に親近感を覚え波長が合うのを感じた。

結婚のため今度は紀子を車に乗せ茨城に向かっていた。助手席で前を見つめる紀子にいつもの明るさがない。藤也は何となく気にはなったが深く考えもせず実家に連れていった。

父・進と母・陽子が生垣に囲まれた門まで出向き二人を歓迎した。改めて客間での挨拶が終わり、陽子がお茶を出してくれた。紀子の手が出ない。気になって藤也が紀子の視線をたどると、その先に陽子の節くれだった手があった。手の皺の間に土色が目に入った。藤也は嫌な予感を覚え、紀子の顔を見た。視線を感じたのか紀子は目を自分の手に転じた。そして、藤也と目が合うとぎこちなく微笑んだのである。

その後も藤也は多忙な毎日を送り、紀子とはなかなか会えなかった。

「今夜、時間を取ってもらえない？　お話があるの」

廊下ですれ違いざまに発した紀子の切羽詰まったような言葉に、会社に近いレストランにそのまま移動した。食事の後は会社に戻らなければならない。あまり時間をとられたくはなかった。実家から帰ってから一ケ月、紀子の態度はいつもと変わりがないように思えた。藤也はいつの間にか実家で感じた紀子への違和感を忘れていたのである。

「どうしても話したい事って？」

話をなかなか切り出さない紀子に、多少のいら立ちを覚えながら、腕時計に目をやり、藤也は言った。紀子が伏せていた顔を上げた。

膝上に重ねられた手は固く握られている。

「生理がなくって、昨日心配でお医者さんに行ってきたの。妊娠を告げられたわ」

予想外の話に、藤也は言葉がなかった。これが落ち着いた時であれば、妊娠月数や避妊の有無に頭を働かせていただろうが、否応なく差し迫った仕事が待っていた。片や紀子は藤也を見つめ、返事を待っている。

実家での違和感が頭をかすめ、先輩の一人を思い出した。彼は両親とうまく付き合えない妻との間で苦しみ続け、結果的に離婚してしまい、最近は以前ほどの覇気が感じられなくなっている。時間が慌ただしく過ぎてゆく。ようやく藤也が口を開いた。

「君はどうしたいの。子供の命を奪うことは罪だと強く思うよ。でも僕が、子供はまだ早い、と言えば中絶できるの？」

紀子は驚いたように大きく目を見開くと、目が潤み涙が頬を濡らして落ちた。紀子の体が小刻みに震えている。

「大事な話だ。よく考えて結論を出そう」

藤也はできるだけ冷静さを装い、近いうちに会うことを約束してその日はそれで終わりとした。


二日後、再び紀子のアパートで会った。

付き合いだして何度か通ったアパート。風呂とトイレ、小さな台所、押し入れのついた六畳ほどの狭い二階部屋。

風にはためくレースのカーテン、いくつかの小さな観葉植物とぬいぐるみ。旅先で買ったと思われる品々。学生時代名残の本棚。女の子らしい色合いの居心地のいい部屋だった。

紀子は一足先に帰宅し、夕食の支度をして待っていた。

手伝いを断られ、藤也はベッドに体を預けカーペットに足を投げ出した。つけてくれたテレビを見ていたが、いつものように内容が頭に入らない。

「夕ご飯、もうすぐだけど、先に何か飲み物を飲む？」

「いや、いいよ」

藤也はこの二日間考えてきたことを頭の中で整理しながら、紀子に勧められるままにテーブルの前に移動した。

「レパートリーはまだ少ないの。でも、これはお勧めよ」

テーブルに何品かの料理が載っている。しかし、空腹なのにいつものように食指が動かない。

「それより話を先に済ませてしまおう。食事はそれからだ。君の気持ちを先に聞かせてくれないか」

藤也は心を落ち着かせようと水を一口飲んで、紀子が話し出すのを待った。紀子が話し始める。

「中絶はできないわ。リスクが大きすぎるもの」

「君の考えるリスクって？」

「法律はよくわからないけど、中絶って一種の殺人じゃない。それに、知り合いに初めて出来た子を堕ろした人がいて、その後、子供が欲しくなり出産を願ったけど、流産を繰り返し、子供を諦めた人がいるの。その時かかったお医者さんが、初めての子を中絶すると子供が出来ないことがあるって言ったそうよ。わたし、藤也さんの子供を産みたいの」

「出来た子供を僕は拒否できない」

紀子の顔が一瞬輝いたが、すぐに影がさした。

「今はいいけど、お腹が目立ってくると会社には行けないし……」

彼女の言いたいことはわかっている。しかし、両親や親戚との付き合いは？　田舎は都会と違って付き合いが密だ。果たして紀子はうまくやっていけるだろうか。それに、最近の紀子は言葉を選ばず、深く付き合うにしたがって仮面が剝がれていくように感じられる。

藤也は即座に言葉を発することができなかった。

「何とか言ってよ。結婚はするんでしょ。しないつもり？」

紀子はいら立ち、自分を制御できず、言葉が次第に荒くなっていた。

藤也はやおら顔を上げ紀子を直視して言った。

「今更結婚しないとは言わないよ。でもね、君を見ていると心配なんだ。君が知っている通り、僕は農家の長男だしね」

「会社を辞めるつもりはない。住居も東京。実家とは頻繁に行き来もないんでしょう。うまくやれるわ。私は早く会社を辞めて結婚したいの。予定がわからないと不安で、夕べも眠れなかったのよ」

これ以上議論することに疲れた藤也は、やがて大きく息を吐き妥協の道を選んだ。

「お腹が目立つようになるまでの期間は？」

「あと二ケ月くらいだと思う」

先ほどの興奮を忘れたかのような紀子の態度に、藤也はほっとしていた。

「余裕がないね。二ケ月後の大安の日に決めよう。僕は仕事の日程が詰まっている。君に負担をかけるけど、それでいいかい」

「いいわ」紀子は安心した様子で笑顔になった。

藤也は不安を抱かえたままだったが、双方の両親への報告、式場の予約、指輪の購入、結納へと突き進み、紀子は退職をし、結婚式の日を迎えたのである。

月日は瞬く間に過ぎ、男の子が生まれた。病院から母子が退院し、藤也の家は賑やかになった。

義母・早苗は泊まり込みで手伝いに来てくれ、義父・誠と義弟・実は時々夕食がてら立ち寄ってくれる。妹のさくらも家族と一緒にお祝いに来てくれた。

生まれた赤ん坊には進が『健』と名付けてくれた。健やかに育つようにという願いを込めて。

藤也は結婚前の危惧を忘れ、残業や付き合いがない限り早く帰宅し玄関に入ると、うがい・手洗いを済ませ健を抱く。休日には健の沐浴を引き受け、おむつの取り換えも、すすんでやった。健がとても愛おしく、健のことを思うと自然に顔がほころんだ。

紀子は家事を母親にゆだね、育児以外は何もしないようだった。

電話が鳴った。紀子が受話器を取った。

「パパ、茨城のお母さん」

受話器を受け取り何気なく紀子を見た。紀子の表情が硬い。出産後、藤也の両親が見舞いに来てくれ、陽子が満面の笑顔で健を抱いた時も笑みも見せず唇を噛んでいたことを思い出した。

「健？　少し大きくなった。来たい？　僕の休み？　ちょっと待って」

受話器を耳から離し、紀子に聞く。

「親父とお袋、健の顔を見たいんだってさ。いつ都合がいい？」

「………」

紀子は下唇をつまみ黙っている。

「あら、いつでも大丈夫じゃない。藤也さんがいなくても。でも、きっと、藤也さんの顔も見たいのよ。藤也さんの休みの日ならいつでもいいんじゃない」

早苗が紀子に代わって言った。

「じゃ、今週の土日にでも。お義母さんが手伝いに来てくれているから日帰りになるかもしれないけど。それとも雑魚寝する？　そういうわけにはいかないって？　じゃ、日帰りで。待っている。親父によろしく」

笑みの残る顔で受話器を置き、振り向くと紀子は上目使いで藤也を見ていた。

「よう、うまくいっている？　子供が生まれたんだって。おめでとう。結婚したと思ったら、もう子供だもんな」

同期入社の中村薫に出会った。背は低めで顔と目がいやに大きい。面白い奴だが意外と理屈っぽいところのある男である。中村とは大学も同じだった。大学入試の合格発表の時に知り合って、それ以来の付き合いだ。

「時間を作ってまた、飲みに行こうぜ」と、中村が言う。

「そのうちにな。楽しみにしている」そう返事をして別れた。

エレベーターから降りたところで花田知子とすれ違った。愛嬌のある顔、課のムードメーカー。

「係長、おめでとうございます。赤ちゃんに会いたいという人が何人かいるんですけど、お伺いしてもいいですか」と、声をかけられた。

「いいよ。紀子もきっと喜ぶよ」と返事をすると、

「きっと、係長のいいパパぶりが見られますね」と言うので、「そうだね」と、思わずにやけて答えると「もう、係長ったら」と、ぶつ真似をされてしまった。

花田知子と別れ、ふと『紀子も付き合いだした頃は』と、思い出さずにはいられない。いつのまにか下を向いて歩いていた。

「あ、小田係長、昼休みが終わったら少し時間が取れるかな」

上田係長が目の前に立っていた。

「だいじょうぶです。すぐでもいいですが」

「いや、後でいい。部長が君と直接話したいそうだよ」

昼休みが終わり佐々木部長に連絡をすると、「すぐ、来れるか」と言う。洗面所に行き、手早く髪型・衣類を整え、用件がわからず緊張とともに部長室の前に立ち、一

つ深呼吸をしてからノックをした。

返事があり、ドアを開けると、部長は座していた机の前から立ちあがり藤也を迎え入れた。応接セットのソファに座るように示された。部長は藤也とさほど身長が変わらない。ゴルフ焼けか顔は浅黒く、逞しい体をしている。目力があり迫力のある人物だ。

「肩の力を抜いて。用件を言わないで来るように言ったからかな」

起立して部長が着席するのを待っていた藤也に、笑いながら再び座るようにうながした。

二言、三言世間話をし、本題に入った。

「君のことは課長から報告を受けている。今日の話は君の転属についての話でね」

藤也は思わず背筋を伸ばした。

「君の家庭の事情も課長から聞いた。赤ん坊が生まれたばかりで何かと大変だろう。僕も経験しているからね。それを承知の上で話をしている。今、日本の政府は野菜の輸出に力を入れていることは君も知っているだろう。このところ海外輸出部門のスタッフが退職したり、病気になったりと人員が不足している。この部門は誰もというわけにはいかない。君の力を見込んでの話なんだ」

「いつからでしょうか」

「来月から」

「考慮の時間はありますか」

「二、三日以内に返事をもらえないか」

部長室を出て部署に戻りながら、藤也は自分の力を試すチャンス到来とばかり天にも昇る気持ちだった。しかし、紀子のことを考えると憂鬱になった。会社に対しては拒否権がないだろう。拒否すれば辞める時だ。そう考えながら部署に戻った。

課長と目が合った。何も聞かれない。課長はすでに了解しているという顔をしていた。藤也の後任もすでに考えていることだろう。

「今日、部長に呼ばれたんだよ」

早苗の準備してくれた遅い夕食を終え、お茶を飲みながらの話となった。健は眠り、紀子は風呂を済ませ化粧を落とした顔で藤也の前に座っている。早苗は紀子の傍らに腰を下ろした。何気なく見たデジタル時計は十一時を回っていた。

「海外輸出部門の職員が足りなくてね、僕に転属の打診があったんだよ」

「健が生まれたばかりだということを部長は知ってるの？」と、紀子が言う。

「もちろん、そのうえでの打診だよ」

「お母さんが、もうすぐいなくなるのよ」紀子は不満顔だ。

義母が口を開いた。

「紀子、藤也さんの力を会社が買ってくれているんだよ。チャンスじゃないの」

「私は嫌よ」

予想していたとはいえ紀子の態度に藤也は腹立たしく思った。義母の手前、言葉は控えていたが。

「どういう勤務状況になるかはわからないけど、藤也さんの出張の時にはできるだけ協力するわ。紀子、世の中にはあなたより条件の悪い人がいっぱいいるわ。それに比べたら、あなたは恵まれているわ」

「………」

「私は結婚してから、生活が目まぐるしくて振り回されてばかりだったけど、お父さんの生き生きした姿が励みになったのよ」

「藤也さんとお父さんは違うわ」

「男は仕事を持っている限り似たようなものよ」

藤也は早苗に目で感謝に意を伝えた。早苗は一見、平凡な主婦のように見えるが、きちんとした信念を持っている。藤也は今まで以上に早苗に好意を抱くようになった。

「藤也さん、あなたの思い通りにしたらいいわ。後悔しないように。紀子、あなたは藤也さんの力になるように協力しなければならない立場よ。足を引っ張ってどうするの。私はあなたを甘やかしすぎたようね。私は明日から少しずつ、家に帰る準備をします」

早苗はそう言うと、にっこり笑った。

翌日、知子は藤也の配置転換の話も知らず、いつものように宮崎遥と時間より少し早く出勤していた。

「今日も幸せ」

知子は笑顔で課員の机の上を拭いていた。

「また、係長に会えるからって言うんじゃないでしょうね」

「そのまたですよ。係長は私のエネルギー源ですからね。いやなことがあってもお顔を見ると、また頑張ろうっていう気になりますから」

「まあわかるけどね。係長が結婚するまでは私の〈あこがれの君〉だったんだから。

私も気持ちを打ち明ける前にさらわれた口なんだから」

「私もってことは他にも誰か係長を好きだって人がいたんですね。それはお気の毒。いいんです、私は係長が結婚をされていても。私ごときに振り向いてくれないだろうと思っていましたから。ところで立ち入った事をお聞きしますが、今、先輩はどなたか好きな方はいらっしゃらないの？」

「まったくいないわけじゃないのよ。私だって結婚を意識しないわけではないもの」

「どんな方？」

「まあ、普通かな」

「どこで知り合われたんですか」

「高校のクラス会で。目立たない男だったんだけど、背が高くてそれなりの見られる男になっていたの。結構気づかいのできる奴でね。大学卒業後、都内で働いているというし、飲みにも誘われたの」

遥の目が輝いている。相当その男性に気があるように思えた。

「進展が楽しみですね。先輩は女から見ても魅力的だから」

「何も出ないわよ。あ、そうだ。今日、一緒にランチしない」

「頑張ってくださいね」

遥とは私的な話はそれまであまりすることが少なかったのだが、今日は立ち入った話をしたせいか親近感が湧いてきた。遠ざかってゆく彼女の後姿は均整が取れた体をしていた。色白でそれなりに美人で、きびきびとよく働き、面倒見のいい先輩ならきっとうまくいくだろうと知子は思った。

遥が近づいてきた。また、遥の話が係長の話に戻った。

「係長って女を見る目がないのかなあ」

「どうしてですか」聞き逃せない話だ。

「ここだけの話よ。誰にも話してはダメよ」

遥は左右を見て誰も出勤していないことを確認すると二人だけなのに小声で話し始めた。

「係長、橋田紀子にまんまと引っかかったんではないかという噂よ。彼女、かなりモテたでしょう」

知子が頷くのを見て言葉を続ける。

「紀子は付き合いの広い子で、隣の部署の佐竹さんとも付き合っていたんだけど、どういうわけか係長に乗り換えたわけ。二股かけていたんではないかという話もあるの」

「本当ですか」遥が驚いて目を見開くと、

「みんな知ってるわよ、そんなこと。係長もあんたと同じように異性に関しては世間知らずというかなんというか、じれったいのよねまったく。押し倒さないとわからないような感じで」

「押し倒す？　そんな過激な」

「今の言葉忘れて」

「どうして誰か係長に言ってあげなかったのかしら」

「係長、私生活のことは職場にほとんど持ちこまないでしょ。みんなが知ったのは結婚のために特休の手続きをしたからよ。まあ、係長の大学時代からの友人、中村さんは知っていたかもしれないけど。係長って出来ちゃった結婚でしょ」

「え、ほんとですか」

「だから、みんな知らなかったのかもしれない。婚約期間が長ければ、知られることもあったんでしょうけど。きっと紀子のせいよ。係長の子供はもしかしたら佐竹さんの子供ではないかという話もあるのよ」

「ええー」

「しっ」遥が口唇に指をあてた。何人かの足音がする。始業時間が迫っていた。二人は掃除用具を片付けると各々の席に着いた。

『遥先輩の話は本当だろうか』その日、知子は、遥の話を繰り返し思い出していた。気がそぞろな様子は係長にもわかったようで、すれ違い時にそっと「大丈夫か」と、声をかけてくれた。「はい」と答えながら『気にかけてくれてるんだ』と、少し嬉しくなった。でも、決してこのことは係長には語れない。

『納得できないことは調べるべし』知子の座右の銘だ。『真相を知りたい』という気持ちは時間とともに強くなる。

翌日、佐竹と同部署に所属する同期の矢野を捕まえた。矢野とは入職時のオリエンテーションでグループワーク時、同じグループになった。各部署に配置されてからは、すれ違い時に短い世間話をする間柄だ。矢野は大学で一年留年しているので年は知子より上だがあまり気を使わなくて済む相手で気は楽だった。昼食に誘うと「割り勘でな」という言葉とともに了解した。割り勘という限り、知子には異性としての関心がないようだ。

『ことわらなくても割り勘にするわよ。まあ、私のおごりということにならなくてよしとしよう。それにしても女の子に割り勘を突き付けるなんて、モテないのはその態度よ』と心の中で突っ込みながら矢野と一緒に会社から少し離れた定食屋の暖簾をくぐる。

店内に同僚がいないか素早く確かめ、空席に行きがけ知子はカレー、矢野はかつ丼を注文をし、定位置に置かれたピッチャーからグラスに水を注ぎ、手拭きを掴むと席に着いた。

水を一口飲み、手を拭いながら矢野が話を促す。

「何か話したいことがあるんだろ、手短に話してみろよ。俺でいいなら話を聞くから」促されこれ幸いと知子は身を乗り出して話を切り出した。

「同じ部署の佐竹さんてどんな人なの」

「個人情報を開示しろって？」

「うちの係長がらみの話なの。教えて」

矢野は数秒、知子の目を見つめ真顔になり口を開いた。

「お前、係長が好きなのか。嫁さん、いるぞ」

「知っているわよ、そんなこと。それより話してくれるの？」

「佐竹さんの口説き方は、高い確率で女は落ちるそうだ。本人が言ってるだけだから信憑性がないけどね。付き合う女とは長続きがしないようだな。遊びだから」

「いくつなの」

「三十前後だと思う。おしゃれだし、いい車に乗っているよ。いいとこの坊ちゃんなのかな」

「仕事はできるの」

「そこそこじゃないの」

「ちょっと聞くのを躊躇うんだけど……」

矢野はいつになく真剣な目で知子を見ていた。ほどなく注文の品が出来上がり、話が一時中断した。食べながらの会話となった。

「結婚前、係長の奥さんの紀子さんと佐竹さん、付き合ってたって本当?」

「ああ、本当だよ。俺も見たよ」

「どこで?」

「聞かないほうがいい、俺も女といたから」

知子は一瞬目を見張り、居た場所を想像し、顔が赤くなった。気持ちを落ち着かせ、再び話を再開する。

「どうして別れたか知っている?」

「遊ぶにはいいけど、嫁にしたい子ではなかったみたいだよ」

「紀子さん、同時期に佐竹さんと係長の両方と付き合っていたという話は?」

「お前、そんな話をどこで聞いてきたんだ」

矢野に数秒、正面からじっと目を見られ、口にした言葉をなじられたように感じ、知子は思わず目を伏せていた。矢野は視線を逸らすと「それは彼女ならあり得るんじゃないかな」と言った。知子はこの際なじられるのを承知で意を決し、一番気になることを聞いてみた。

「係長のお子さんが佐竹さんの子かもしれないというのは?」

矢野は箸を止め、何かを考えていたが顔を上げて話し始めた。

「まったく白ともいえないだろうな。紀子さんだけにしかわからないことだ。それにしてもお前、根掘り葉掘り聞いてどうするつもりなんだ。何か魂胆でもあるのか」

「自分でもよくわからないんだけど、噂を聞いてなんとなく気にかかって、真相を知りたくなったの。今聞いたこと、絶対人には話さないから」

「そうしてくれ。俺も口の軽い奴だと思われたくないし、事は重大だぞ。係長夫婦の先の人生が懸かっているんだからな。慎重に行動しろよ」

時は瞬く間に過ぎ、コーヒーを飲むと午後の仕事に支障がきたす時間となっていて、二人は慌てて席を立った。

土曜日の昼過ぎ、知子は同僚達と六人で係長宅を訪れていた。

普段はさほど狭くは感じない居宅が、六人の同僚が加わってみると一気に狭く感じられた。藤也が懸念していた紀子の客への応対は元同僚ということもあるだろうが、意に反して客を快く受け入れ常に笑顔を絶やさず、客との会話を楽しんでいる様子が窺えた。藤也は内心ほっとしていた。

早苗は台所と食堂で大忙しだ。客の来訪が好きなのか訪問を喜んでいる。

挨拶もそこそこにベッドの周りを女の子達が囲んだ。

「かわいい、食べてしまいたい」と一人が言うと、そばにいた中村が「おいおい怖いこと言わないでくれよ」と驚いたように言った。

「冗談に決まってるだろう」と藤也が笑う。

「私も赤ちゃんが欲しい。旦那はいらないけど」

「まず、相手を見つけないと」と冗談を言い合う子達に「俺が種をやろうか」と、中村が会話に入る。「けっこうです。私達にも選ぶ権利がありますから」とかわされ苦笑いをしていた。中村も楽しそうだ。終始和やかな時間が流れていた。

早苗に呼ばれ、食堂のテーブルと補助テーブルの周りに一同が集まった。紅茶やコーヒーとともにお土産のケーキと早苗が準備した果物が出された。

藤也がふと見ると、知子が一人テーブルから離れ、健を抱きあやしている。自然に藤也の顔がほころんだ。紀子と視線が合った。藤也は慌てて笑顔を引っ込め、紀子は何事もなかったように視線をそらした。

中村も席を立った。中村と知子の声がした。

「中村さん、抱きたいんですか」

「うん、赤ん坊を抱く機会がないだろ。何事も経験かなと思って」

「落とさないでくださいよ」と言われながら中村が知子から健を受け取ったが、なれないせいかぎこちない。抱かれ心地がよくなかったのだろう健が激しく泣きだした。同僚達はいっせいに中村と健を見た。中村は慌てて健を知子に返し、健はすぐに泣き止んだが、中村は噴き出した汗を袖で拭っていた。

知子は健をベッドに寝かせながら、その顔をじっと見ていた。

「やはり、あの話は本当だったのだろうか。母親には多少、似たところがありそうだが係長には……」

あまりそばにいると周りから不審に思われる。知子はさりげなく同僚の中にまぎれた。

今日の係長はよく笑う。素敵な笑顔だ。声が聞こえた。

「お前、花田さんと一緒にいて健を抱いていると夫婦のようだったぞ」

「そうかー。夫婦に見えたか」中村はまんざらでもない様子で嬉しそうに笑っている。

藤也は紀子の手前場を繕ったが、気持ちは穏やかではなかった。『ジェラシー』の一言が頭に浮かぶ。藤也は自分の気持ちを戒めた。


係長宅を後にした。

係長の家族と接し、知子の気持ちは穏やかではなかった。行く前に懸念したことが現実になった。単なる憧れでは済まなくなりそうな気がしたからだ。今まで以上に自分を律することが必要になりそうだった。ため息を一つつく。

「花田さん、どっち方面に帰るの」

駅に向かう住宅街の道。中村の声を後ろに聞く。中村が並んだ。

「駅から下りで三つ目。中村さんは？」

「俺は池袋乗り換え」

「健ちゃん、かわいかったですね」

「かわいかったね。赤ん坊っていい匂いがするんだな。気を悪くしないでくれよ。小田に君と一緒のところを見られて、夫婦みたいだって笑われたよ」

「中村さんお気の毒。女子力赤点の私とでは釣り合いが取れないでしょうに」

「花田さんは自分の魅力がわかっていない」

中村の言葉に知子は思わずえくぼを見せて笑って、係長を思い浮かべ『好意を抱かないでほしい』と思った。

次第に駅が近くなる。

中村と並んで歩きながら、知子はふと思いつき『例の疑問をぶつけてみよう。さらに情報が得られるかもしれない』と、思ったが矢野との話を思い出し、慌ててその思いを引っ込めた。

中村はそんな知子の思いに気づいた様子で首を傾げ「何か話したいことがあれば言ってみてよ」と、言った。

いつの間にか商店街に入っていた。

同僚達の後姿が遠くにあった。走ってきた自転車を慌ててよける。

「こんな話、聞いていいかどうかわからないんですけど」と前置きして「ある人から聞いたんですが、真相を知らないと落ち着けなくて」と話を続ける。

「係長の奥さん、紀子さんってご結婚前かなりモテた人だったんですよね」

「そうだね、いろいろ噂のある人だった」

先ほどまでの笑みが中村にない。声もトーンも下がっている。顔を伏せているが眉間に皺があった。

「係長はそれをご存じでしたか」

「いや知らないと思うよ。知っていたら、結婚していたかどうか。その前に、付き合うことはなかっただろうな。あいつは真面目な奴だから」

「中村さんはそれをいつお知りになったんですか」

「俺が知った時には、もう何もかも決まっていて、弁解に聞こえるかもしれないが言うに言えない状況だった。今思うと、そんな状況でも言えばよかったと思うよ。一生の問題だからね。妊娠していたことも結婚後に知った」

話すのが辛そうだ。しかし、知子はそこで話をやめる気にはならなかった。

「佐竹さんてご存じでしょう」

「彼女の結婚前の相手だろう。かなりのプレイボーイだ」

「彼女が二股かけていたというのは」

「うすうすは知っていた」

「と、言うことはあの赤ちゃんが佐竹さんとの子供かもしれないということも」

「ああそうだ。今となっては紀子さんが真相を明かさない限り判らない。万一、小田は疑問を持ったとしても赤ん坊にメロメロの彼のことだからＤＮＡ鑑定なんてしそうもなさそうだしな」

「このままでいいんでしょうか。周りが知っていて、当の係長が知らないなんてひどすぎます」

「それはそうだが……」

中村は歩みを止め真剣な顔で知子を見ていた。

日曜日。藤也の両親が電車で二時間近くかけ健に会いに来てくれ駅までの送迎は藤也がした。表面上は双方何事もなく時は過ぎ、藤也が車で実家まで送ろうとしたが両親は「久しぶりの東京だから」と言って断り、満たされた様子で茨城に帰っていった。

月曜日の朝。

「おはようございます。土曜日はお邪魔してご迷惑ではなかったですか。楽しかったです。ありがとうございました。健ちゃんとてもかわいくて、係長幸せですね」

「こちらこそ、ありがとう。来てくれて楽しかったよ」

遥が席を外しているところに小田係長が出勤してきて、知子は掃除の手を止めた。鼓動が速い。それを隠して笑みを浮かべ対峙するが顔が赤くなるのは隠しようがない。小田係長も足を止め、笑顔で応じた。

二人は一瞬見つめ合ったが言葉が出ない。

「あ、係長おはようございます」遥が現れ緊張が解けた。藤也は挨拶を返し自分の机に向かい鞄を置いた。

「ほらコーヒーでしょ。準備しているから持っていきなさい。王子様、今日は会社でよかったね」

遥が肩で知子を軽く小突き、意味ありげに笑みを浮かべた。

いそいそとコーヒーを運ぶ。係長に礼を言われ無言で頭を下げた。

給湯室に戻ると、遥が早速、昨日の事を知りたがった。

「係長のマンションに皆で行ったんでしょ。紀子、元気にしてた?」

「ええ、お元気でした。それより健ちゃんかわいくて、見てて飽きなくて、私も赤ちゃんが欲しくなっちゃいました」

「赤ちゃん、係長に似ていた？」

ほらきた。小声で話す遥の関心事はそのことだろう。慎重にならなければ、自分のその時の気持ちは知られてはならない。とぼけなくては。

「生まれてまもない赤ちゃんですからねえ。よくわからなかったです」

「今後、ひと悶着なければいいけど」声の調子でひと悶着を期待しているようにも受け取れる。

「先輩、もしかして面白がっていません？」

「滅相もございませんことよ。気になることは確かだけど」

遥はおどけていても事の成り行きが気になるに違いない。

「係長、今日この後外出の予定よ。金曜日の帰りがけに言ってたから。時間がないわよ。ほら、みんなが来る前に話しておいで」

「すみません。私ばかりいい思いをして」

「いいのよ。私には過去の人だから」

「プラトニッククラブで終わった人でしょ」知子が笑う。

「それを言うなって。早く行け、このう」

遥のくだけた言葉に笑いながら「先輩、その後、彼とはどうなりました。後で聞かせてくださいね」と、知子は足早に離れながら言い、係長の机に向かった。

（三）

月曜日、部長は出張で不在。転属の返事は明日以降になりそうだ。

火曜日の朝、出勤前。予想もしないことが起こった。それは一本の電話から始まった。

「パパ、電話よ」

出勤のため靴を履いていると、藤也の背後で紀子の声がした。

電話に出ると、実家の母・陽子からだった。声が小さく、震えている。悪い予感がした。こんな時間に実家から電話が来ることがほとんどなかったからだ。

「落ち着いて、母さん。ゆっくり話して。何があったの？」

「お父さんが胃の辺りの痛みを訴えたかと思ったら、たくさんの血を吐いたの。気が動転してやっと救急車を呼んで病院に運んでもらったんだけど、不安でどうしたらい

郵便はがき

料金受取人払郵便

新宿局承認

7552

差出有効期間
2024年1月
31日まで
（切手不要）

160-8791

141

東京都新宿区新宿1－10－1

(株)文芸社

愛読者カード係 行

ふりがな お名前		明治 大正 昭和 平成 年生 歳
ふりがな ご住所	□□□-□□□□	性別 男・女
お電話 番号	（書籍ご注文の際に必要です）	ご職業
E-mail		

ご購読雑誌（複数可）	ご購読新聞 新聞

最近読んでおもしろかった本や今後、とりあげてほしいテーマをお教えください。

ご自分の研究成果や経験、お考え等を出版してみたいというお気持ちはありますか。

ある　ない　内容・テーマ（　　　　）

現在完成した作品をお持ちですか。

ある　ない　ジャンル・原稿量（　　　　）

書　名				
お買上 書　店	都道 府県	市区 郡	書店名	書店
			ご購入日	年　月　日

本書をどこでお知りになりましたか?

1.書店店頭　2.知人にすすめられて　3.インターネット(サイト名　　　　)

4.DMハガキ　5.広告、記事を見て(新聞、雑誌名　　　　)

上の質問に関連して、ご購入の決め手となったのは?

1.タイトル　2.著者　3.内容　4.カバーデザイン　5.帯

その他ご自由にお書きください。

(　　　　)

本書についてのご意見、ご感想をお聞かせください。

①内容について

②カバー、タイトル、帯について

弊社Webサイトからもご意見、ご感想をお寄せいただけます。

ご協力ありがとうございました。

※お寄せいただいたご意見、ご感想は新聞広告等で匿名にて使わせていただくことがあります。

※お客様の個人情報は、小社からの連絡のみに使用します。社外に提供することは一切ありません。

■書籍のご注文は、お近くの書店または、ブックサービス(0120-29-9625)、セブンネットショッピング(http://7net.omni7.jp/)にお申し込み下さい。

いのかわからなくて、悪いと思ったけど電話をしたんだよ。お前は今から会社だよね」

母のことはさることながら父の容態も気にかかる。行かなければ。

「会社に連絡がつき次第、病院に行くから。取手でしょ。渋滞に巻き込まれなければ二時間弱でそっちに着くから。さくらには連絡はまだなんでしょう。俺から連絡をしておくから。いや待てよ。そっちに行って先生に会ってからがいいね。いらぬ心配をかけさせることになるから」

さくらは年子の妹だ。結婚して霞ヶ浦に面した土浦市に住み、会計士の夫と幼児の娘との家族三人で暮らしている。

電話を切り、藤也は父のことが心配だったが転属の話が決まりかけた矢先のことで親不孝なことを言うようだが『タイミングが悪い』と、思わずにはいられなかった。

唇を噛み、手を握りしめ無言で立っていると、

「顔色が悪いわよ。お義父さんの具合が悪いの」

眉根を寄せ、後ろで聞いていた紀子が言った。

「血を吐いて救急車で病院に運ばれたそうだ。病院に行かなければ詳しい事が判らない。会社を休んで行ってくるよ。母を一人にしておけないからね」

冷静さを保とうとしたがうまくいかなかった。紀子が頷いている。事の深刻さをわかってくれたらしい。

課長の出勤時間に合わせ会社に連絡を入れた。課長は「心配だね。後のことは心配しないで行ってきなさい」と、快く休暇をくれた。

一般道から首都高、常磐道へと車を走らせる。首都高は渋滞で、まるで低速道路。気は焦るがなかなか進まない。母の電話だけでは情報が少なかった。物事を悪くとらえてしまい、様々な思いが頭をかすめる。テレビやラジオをつけてみたが、雑音としてしか耳に入ってこず、諦めて消した。首都高を抜け常磐道に入ると車は順調に流れ出した。柏の出口を抜け一六号線から六号に入り利根大橋を渡ると実家の隣の市、取手に着いた。広い駐車場は満車で、診察の終わった人の車が出るのを待たなければならなかった。こんなことなら電車で来ればよかったと思うが、電車では田舎の道は交通手段が少なくうまくいかない。気は逸るがやはりこれでよかったのだと思いなおす。受付で聞きＩＣＵ（集中治療室）へ。

陽子がＩＣＵの前の廊下の椅子に前屈みで腰を掛けていた。疲労の色が濃く、いつの間にか白髪が増え一回り小さくなったような気がした。廊下には陽子以外誰もおらず、リノリューム張り廊下はひっそりとしていた。

陽子は人気を感じたのか顔を上げた。弱々しい笑みを見せたが安堵したようだった。心細かったのであろう。近づいて声をかける。

「遅くなってごめん。車が渋滞していてね。父さんの様子は？」

「検査が終わって輸血中よ。痛み止めの注射が効いて今、眠っている。先生が息子さんと話したいって」

陽子から入院案内と入院・検査の誓約書の写しを見せられた。

「入院保証金と必要なものは先生の話を聞いてから家に取りに行くわ」

陽子は表情が穏やかになり、いつもの陽子に戻ったかのようだった。

看護師が廊下に出てきた。ほとんど病院に縁のない藤也はイメージしていた看護師の姿とは異なり白衣や帽子がなく、半そでの上着にスラックス、スニーカーという姿だった。

「息子さん？」

藤也が父親似だったせいか、すぐに誰だかわかったようだった。案内されＩＣＵに入る。機械だらけのベッドに数人の患者が横たわっている。父がいた。目を閉じて青白く痩せた顔が痛々しい。

鼻と口は酸素マスクで塞がれ、右腕には針が刺され輸血中、規則的に赤い血が落ちていた。左腕には血圧計の帯、腰のわきには透明の管が伸び中の液体は色からすると尿のようだ。胸には心電図の電極が張られ、心臓の動きに合わせモニター音が規則的に聞こえてくる。一目で重傷だと思わせる装備だ。

父の顔はわずかだが眉間に皺が刻まれている。楽ではないようだった。それでも父と面会できたことで『生きていてくれた』という思いが強く、ほっとしている自分がいた。

父の顔を再度見る。『父はこうなる前に病院に行かなかったのだろうか』という疑問が沸き起こる。一朝一夕ではこうならないだろうと藤也は思った。その疑問は後の医師と母の話ですぐに解けた。

「先生が息子さんをお待ちしています。こちらにいらしていただけませんか」

先ほどの看護師が近づいてきて、遠慮がちに言った。

ナースステーションの中にあるブースに誘導された。銀縁眼鏡をかけた三十半ばの白衣の医師がパソコンの前に座っていて、藤也を見ると画面が見える位置に置かれた椅子に座るように勧めた。

「……現在の病状と検査結果、今後の治療についてお話しさせてください」と、話し始める。

藤也は母・陽子抜きで話を聞いていいものかどうか、二人で聞いたほうが聞き漏らしが少ないのではと考え「母と一緒にお話を聞いてもよろしいですか」と、聞いてみた。「あなたさえよければかまいませんよ」と言う。

後日、看護師から何気なく聞いた話では、女性だけに話すと取り乱すことが多いため、できるだけ男性の身内とともに話を聞いてもらうのだということだった。

藤也が迎えに行こうとすると、いち早く看護師が陽子を連れてきてくれた。陽子は不安げで、藤也が椅子から立ち上がり、座るように勧めると、看護師はどこからか椅子を運んできてくれ、陽子の隣に置いてくれた。

医師はパソコンの画面に映し出されたレントゲン写真、検査データ、机に置かれたカルテを前に素人にもわかるように噛み砕いて説明をしてくれた。目を転じて陽子に「ご主人は相当、我慢をされていたのではないですか」と、聞いた。

「思い起こせば、ということが度々あったように思います。ご近所のお医者さんに掛かることがあったんですが、調子が悪い状態が続き、大きな病院のお医者さんに掛かって、詳しい検査をしてもらったらって言ったんですが、いつものらりくらりとかわされて、自然が一番だなんて冗談とも本気ともとれる話をしていました」

医師は陽子の言うことに一つ一つ頷きながら聞いていたが、「いつ頃からそういうことがありましたか」と、聞いた。陽子は首をかしげながら「半年いや、二、三ケ月前かしら、よくわからないんです。最初はね、単なる腹痛かと思い、置き薬を飲んで様子をみていたようなんですが、あんまり長く続くもんですから、これは変だなと思うようになって近所のお医者さんに行ったんです。そのお医者さんも薬を出してくれて、あまりにも治りが悪いものですから検査をして、「貧血があるし、他のデータも気になるので紹介状を書きますから大きな病院で精密検査を受けるように言ってくださったんです。でも、なんせ本人がその気にならないものですからこんなことになってしまって」陽子は答えながら、堪えきれなくなったのか、涙を流し、指で涙を拭っていた。看護師がティッシュペーパーを手渡してくれると、それで目を抑えた。

「今日外に出した検査結果を待ち、精密検査をしてみないと確かなことは言えませんが、多分胃癌ではないかと思います。それもあちこちに転移していると思われます。お気の毒だと思いますが」

医師はそう言って間を置き、「手術はおそらく無理でしょう。多分、多分ですよ。今後は痛みをとるとか、体力維持のために点滴注射をするとか、吐き気を止めるとかいわゆる対症療法となるのではないかと思います。検査結果がそろいましたら、またお話をさせてください」

陽子は聞くに堪えないのであろう。藤也も同じ気持ちだった。病状を聞く二人には顔色がなかった。

「あとどれくらい生きられますか」

陽子が震える声で聞いた。医師は少し考え決心したように話し始めた。

「私の考えでは一ケ月、よくて二ケ月持つかどうか……」

陽子は絞り出すような声を出し、泣き続けている。藤也も泣きたい気持ちを抑えていた。

医師は気の毒そうに陽子を見ていたが、顔を上げると藤也に向かって「折を見てお父さんに正直に話してもいいですか」と聞いた。

藤也は一瞬考えたが、父のあと残り少ない日々を、意のままに過ごさせてやりたいと思い、「父が希望すればお願いします」と言ってから、自分の一存だったことに気づき「それでいいでしょ母さん」と付け加えた。陽子はティッシュペーパーを目に当てたままで頷いた。

医師は二人の退室を促すように席を立った。医師の後ろに控えていた看護師は厳しい顔をして、じっと医師と家族の話を聞いていたが、一言も言葉を発することがなかった。

藤也は再びＩＣＵに向かい父に会いにいったが、眠っていて目を開けることがなかった。

点滴は相変わらず落ちていて、心電図モニターも規則的な音を立てていた。

藤也は陽子とともにＩＣＵを出ると陽子に声を掛け、さくらと三郎叔父に電話をした。その際、血を吐いて救急車で病院に運ばれ入院したとだけ伝え、来てくれるように話した。癌の事は各々の顔を見てから話すことにした。

三郎叔父は三十分もしないうちに到着し、さくらは二時間近く経ってから家族総出で到着した。

叔父は言葉が出ないようだった。顔色を変え「嘘だろ、そんな、兄貴が……」と言ったきり押し黙り背中を見せて肩を震わせていた。

さくらは「何事かと思ったら、やっぱり大事だったのね。信じられない。父さんはいつまでも生きてる人だと思っていたのに」と言い暗い顔をしていたが、それも一時で「藤也くん、これからどうする。母さんを一人で置けないし、藤也くんも会社の事があるでしょう。旦那と相談したんだけどアン（さくら達の子でアンナという名前）は実家で私が見て旦那には帰ってもらうわ。藤也くんは今日、家に帰って、明日、会社の人と相談して来る日を決めてからこっちに来てくれる？　いい？　じゃまた明日話し合いましょ」さくらは相変わらず冷静で決断が早い。さくらは昔から藤也のことを名前で呼び今でも変わらない。


その頃、会社では入社以来決められた休日以外休む事のなかった藤也が休んだとあって、課長から、「お父さんが倒れて救急車で運ばれ、急遽病院に駆け付けたため休みを取った。明日以降の事については係長から連絡があるまでわからない」との話があったにもかかわらず様々な憶測がとびかっていた。

「係長のお父さん、よほど悪いのよ。だって、係長が休むってことは、今日、明日にも死ぬか生きるかの大変な病気にかかったのよ。きっと」と遥が言う。知子は藤也のそばにいて力になりたいと切に思った。

「係長どうしてらっしゃるかしら。家はまあ、お子さんが小さくても紀子さんやお義母さんがいるから大丈夫だろうけど」

「実家は家にいるのはお母さんだけ。そうそう結婚をしている年子の妹さんがいるはずよ」

冠婚葬祭、その他もろもろ、日常と異なったことがあれば、個人情報が流布されやすい。廊下で中村の姿を見つけた。

「あ、こっちに来るわよ」中村に向かって呼びかけると、「なんだ、なんだ」中村が二人に気づき近づいてきた。

「小田係長の話聞いた？」

「ああ、聞いた。お父さんの話だろ。健康そのものの父親だぞ。誰かの間違いじゃないのか？　課長から話を聞いた？　それじゃ間違いないな。電話に出られないかもしれないが、ちょっと電話してみるか」

中村はスマホを取り出して電話をかけてみたが、実家にはつながらず、小田のスマホも『ただいま電話に出ることができません』との応答。

「実家には誰もいないようだ。病院の中は携帯禁止のところが多いからなあ。電源を切っているのかも。まあ、明日になれば小田から直接聞けるだろうよ」

中村はスマホを眺めながらそう言うと持ち場に戻っていった。


その夜、知子はベッドに入っても藤也の事が気になって眠れないでいた。会社では

さわやかなで行動的な藤也が苦しむなど想像ができなかった。普段、神仏に疎遠の知子だったが、

「藤也さんが苦しむことのないようにどうかお守りください」と、祈らずにはいられなかった。

知子は眠れないだろうと思っていたが、藤也の顔を思い描いているうちに、いつの間にか深い眠りにつき朝を迎えていた。

藤也は、夜遅く疲れ切って東京の自宅にもどっていた。仕事より疲れる一日だった。落ち込んでいる自分を自覚する。今後、どういう展開になるのか、漠然とはわかっていても、明らかな世界をイメージするのが難しかった。一＋一で答えられる問題ではなかったからだ。先が見えないのは不安の要因になる。ふと、三郎叔父のことを思い出した。『実家に帰ったら相談してみよう』そう思うと、少し気が楽になった。

自宅に戻ることはＳＭＳで連絡しておいた。

インターフォンを押すと義母が自宅に帰らず待っていてくれた。

挨拶が済むと開口一番父の具合を聞かれた。ざっと話し、「落ち着いてから詳しく話してもいいですか」とことわり、洗面所に向かった。途中、居間を見ると紀子が入

浴を済ませ、化粧を落とした顔でソファに腰かけテレビを見ていたが、目が合うと眉根をよせ「お帰りなさい」と言っただけだった。

鏡の前の自分の顔は疲れを表していた。

子供部屋に足を運ぶと、ベッドの中で健が眠っていた。平安そのものの顔を見ていると、疲れが引くような気がした。

起こさないように指で頬に触れただけで寝室に行き上着を脱いだ。

「先にお風呂に入ります」と、誰に言うともなく声をかけ、湯加減を調節して風呂に入る。肩までつかると開放感が押し寄せ何とも言えない心地よさ。考えるともなく今日一日のことをまた考えていた。何度も同じことを考えていると思った。

考えを振り切るように風呂を出た。パジャマを着てガウンをはおり居間に行く。紀子はテレビを消すと席を譲った。

「お酒がいい。それともコーヒーにする?」

台所からの義母の声に早苗を見ると、当然と言わんばかりに動こうとしない。ビールを頼み、待っているとおつまみと一緒にビールが運ばれてきた。

「飲む?」と、聞くと二人は首を横に振った。

早苗も紀子の横に座り、体を乗り出す。藤也が一息つくのを待って、早苗が切り出した。

「ところで…」

藤也は察して、病院に行ってからの事を応答交えかいつまんで話をした。話を聞く早苗は心配そうに眉根を寄せて聞いていたが、紀子の表情に変化はなく、何を考えているのか心が摑めなかった。

「大変だろうけど、お父さんとの時間を大切にしてね」と、早苗は言った。藤也が飲食後のかたづけをしようとすると早苗に押しとどめられ任せることにした。

寝室に行くと紀子がついてきた。

二人でベッドに入り向かい合った時、思いもよらず紀子がいたわるように背中を何度も何度も撫ぜてくれた。藤也は思わず紀子を強く抱きしめていた。

夜中に目が覚め、ふと、さくらの事を思い出した。

「家は大丈夫なのか」、と聞いてみた。「篤《あつし》とはヒフティヒフティなの」と、言っていた。その後「さくららしい」と藤也が言い、二人で笑った。その時、藤也は『こんな時でも笑えるんだな』と思った。次いで、知子の顔を思い浮かべ、慌てて隣で眠る紀子を見た。

翌日、藤也は会社に車で出勤した。仕事の後病院に行くつもりで、普段は電車で行くところを車にしたのだ。今夜は実家に泊まり、そのまま木曜日には会社に行くつもりだ。三郎叔父にも会って相談したい事があったし、さくらと実家に行く日程の打ち合わせもあった。

出勤時間を早くして課長と話をするつもりだった。実家に行き今日は帰らないことは早苗と紀子には出がけに伝えた。

会社の玄関に入った。気持ちがすぐに仕事モードに切り替わる。意識して背筋を伸ばし部署に行く。出勤一番で誰もいない。ひろびろとして静かだ。自分の居場所だと感じる。足音が聞こえてきた。聞きなれた軽快な足音。入り口で足音が途絶えた。目が合った。

「係長、出勤されたんですね。嬉しい」

足早に知子が近づいてきて、挨拶を失念していたのを思い出したのかあわてて挨拶をした。笑顔で目を見交わす。

「昨日はみんなに迷惑をかけてしまった。変わりはなかったかい」

と、藤也が言うと「変わりありませんでした」一瞬、真顔になり知子が何かを言おうとした時、挨拶とともに宮崎遥が出勤してきた。遥は目を見開き笑顔になった。

知子は係長との距離が接近していたことを恥じらい、慌てて距離をとった。二人は遥と向き合った。

「さて、掃除にかかるかな」遥はバッグを下段の机にしまうと腕まくりをして掃除道具を取りに行こうとした。

「先輩、私が行きます！」知子が即座に言うと遥は「一緒に行こうか」と言って係長に知られないようにウインクをして知子の肩を抱いた。

藤也は即座に気持ちを切り替えると仕事モードに入った。今日の予定の確認から始める。他の社員とともに課長が出勤してきた。藤也は休暇を取ったことのお礼とお詫びを言うと、ねぎらいのことばを受け、今後の打ち合わせをした。

「配置転換の話だが、昨日部長と話し合った。当分君が落ち着くまで延期することになった。双方それがいいということなんだ。向こうもそれまで今の体制で頑張ると言ってくれてね」

藤也は深く頭を下げ席に戻った。

知子はその日、幸せ気分で一日を過ごした。遥にからかわれたが気にしなかった。

部内の雰囲気もよかった。前日、係長がいないとなんだか部内がしまらないような気がしたが、その日は社員の言葉に張りがあり、行動にもキレがあった。係長の力が大きいと感じた一日でもあった。


退社後、病院に行った。進は目を開けていて、藤也を見ると弱々しくほほえみ、「悪いな、こんなことになって。会社は大丈夫なのか」と言った。藤也はこんな大変な時でも気遣ってくれる進の息子への思いをあらためて知った。そばにあった折りたたみ椅子を広げ、ベッドのわきに座る。

「気分はどう?」

「昨日よりはいい」酸素マスクのせいで声がくぐもっている。

「先生は何か言っていた?」

「ああ、貧血がひどいって。血を吐いたせいだろう」

「痛みはないの?」

「少しはな。だけど、訴えれば処置をしてもらえるし、病院だから心配はしていない」

点滴注射の台に白いボトルがかかっている。

「今日の輸血は済んだの」

「ああ今日のはね。明日またやるようだ」

会話途中で進が目を閉じた。つらくなったようだ。

面会時間は限られている。藤也はしばらく黙って進の様子を見ていたが席を立ち椅子を閉じた。その音に気付いた進が目を開けて、じっと藤也を見ていたが、「無理してこなくていいんだぞ。病院でほとんどのことはやってくれるし、母さんやさくらも来てくれるしな」と言った。

「僕は無理していないよ。来たいから、来てるんだ。父さんは面会に来ると疲れるの」と言うと「じゃ、無理をしない程度に来てくれればいいからな」と言った。

別れを告げ、廊下に出ると、看護師達が慌しく廊下を行き来していた。消灯時間が近かった。

三郎叔父に連絡をとり、訪問すると叔母が玄関を開けてくれた。寝支度をしていたようだ。遅い時間に訪問したことを詫びた。農家の就寝時間が早いことを知っていて訪問したからだ。

「大丈夫よ。昨日は大変だったわね。さあ、入って」

叔母は居間に藤也を通した。居間にはすでに叔父がいて、叔母と同じようなことを言った。叔母が居間に残るべきか叔父に尋ねると「お前はもう寝ていい」と言った。頭にカラーを巻いた叔母の後姿を二人で見送ると叔父が口を開いた。

「神様は時々、無慈悲なことをしてくれるな」と言いながら、煙草を取り出した。無言で藤也に勧める。首を横に振り、断る。

叔父は煙草をくゆらし、「これからどうする。会社の事はどうなっている」と聞いた。

「僕には面会に行くことくらいしかできません。父の事は病院に任せるしかありませんし、母の事が気になるのでさくらと話し合い、当分実家に交代で寝泊まりしようと話し合いました。気になるのは父の病状だけではありません。田畑のことがあります。僕は農業の知識がほとんどありません。母に聞けばいいんでしょうけど、きっとフォローが難しいと思います。会社のほうも事が事だけに配慮してくれています」

「俺も少しは役に立ちたいと思っている。田畑の事は心配しなくていい。俺が何とかする。お前も出来る時は協力してくれ」

藤也はほっとしながら「土曜日は叔父さん、忙しい？」と聞いた。叔父は表情でどうしてと尋ね返す。

「金曜日の夜は泊まって土曜日は田畑に出ようと思うんです。少しずつ農業を覚えたいと思っています。叔父さんの指導を仰げないかと思って」

「俺は何もなければいつだっていいぞ。今度の土曜日からどうだ」と言ってくれた。渡りに船だ。礼を言って実家に帰った。

玄関を開けると、さくらが出てきた。藤也を通し、戸を閉めた。居間には母がいて藤也を待っていた。

さくらは「お茶を入れるね」と言うと台所に向かっていった。父の居ない家はひっそりとしている。

母の前で胡坐をかき「母さん大丈夫」と言うと「何とかね」と言い、寂しい笑顔を向けた。

「父さん、昨日より回復したみたいじゃない」

「そうね、だけど……」と、次の言葉を探している。母の気持ちを察し、「先生に任せるしかないよ。三郎叔父が田畑の世話を手伝ってくれると言うし。僕も土曜日は手伝うよ」

「ありがたいけどお前、無理しちゃだめだよ。みんなで共倒れになったら大変だからね」

「母さん、僕が幾つになったと思っているの。自己管理ができる年だよ」

母が笑っている、昨日よりは元気が出てきたようだ。

さくらがお茶を入れてきた。

「藤也くん、明日会社は？」

「お前次第だよ。今日は帰れよ、旦那も一人では寂しいだろ。僕は今夜ここに泊まり、明日はここから会社に行く。母さんいいでしょ。それで」

母が了解したので、三人で明日からの打ち合わせをして、さくらを見送るために藤也は寝ているアンを抱きかかえると車に運んだ。後ろから荷物を手にさくらがやってきて、荷物を軽自動車のトランクに置いた。そして、子供を受け取ると、後部座席のチャイルドシートに乗せ、「じゃ、後はよろしく。明日また来る」と言うと暗い道を走り出した。

テールランプが角を曲がって見えなくなった。


土曜日、外が白み始めると三郎叔父が現れた。

二人連れだって世間話をしながら田んぼや畑を見回る。周辺にはまだ、人の姿がなかった。三郎叔父が言う。

「人間も畑も同じだ。手をかけてやればそれに答えてくれる。それを忘れなければ大丈夫だ。田植えをすれば、それでおしまいというわけじゃない。水の管理、草の管理を怠るな。害虫にもな。時代は変わっても自然は大きくは変わらない。向こうが変わらなければこちらが変わるしかない。毎日のように見回っての管理が必要だ。地道な努力を強いられるが、成長を見守って収穫する時の気持ちは何ものにも代えがたい」

藤也は一つ一つ聞き漏らす事のないように叔父との距離を保ち、話を聞いた。

「兄さんから聞いたが、卒業前に農業に就きたいと言っていたんだって」

「ええ、父から反対され諦めたんです」

「なぜ、農業に就きたいと思ったんだ？」

「父の反対理由は、労働の大変さと天候に左右され収入が不安定、隣近所との付き合いが密なのも理由のようでした。僕は、農家は一国一城の主であり、人間はすべて食べなくては生きていけませんから社会的に価値のある仕事だと思いましたし、奥が深く学ぶことが多く、研究の余地があると思ったんです。誰もが大学に行く時代です。大学を出たからって農業に就くのは自然なことです。僕は経済学部を出ましたが、農学部に再入学をしてみたいとさえ思いました」

農道を歩きながら叔父は目配りを忘れない。叔父の視線を追って藤也も作物を見る。

「兄貴ももったいないことをしたな。俺だったらお前みたいに頭がよくてやる気のある奴が農業に就いてくれることを望むね。息子は農業を嫌がり公務員になった。それも仕方がないと思う。本人の意思だからな。しかし、お前は逆だろ。ここだけの話、町は基幹産業だと言いながら、何をしているんだか。町の農業もお前みたいな奴がいれば希望が持てる。農家の中には独自に研究して成果を収めている人もいるが、個人なんだよ。全体のレベルアップに必要なのは互いに学びあい高めあうことなんだ。兄貴の手前、お前にあれこれ指図できる立場にないことを残念に思う」

「町では田を広くして、企業に任せて農業改革をしようという話もあると聞いていますが」

「それで、町の農業と言えるかどうか。確かに専業農家は少ないし、後継者不足だ。しかし、魅力ある農業にして若者を呼び込むにはどうすればいいのか、みんなで考える時なんだと思うよ。いずれにしろ俺はお前が農業に関心を持ってくれるだけで嬉しいよ」

叔父との話は尽きなかった。

進の病室がＩＣＵから個室に移された。

進は見舞いに行く度痩せていた。目はくぼみ大きく見えた。点滴注射が入らないのか手足に針の穴が無数にあり痛々しかった。

「おれはさあ、いい人生だったと思っているよ。家族に恵まれ、好きな仕事について、力を出し切ったような気がする」と、進が言う。声が小さく聞き取りづらい時もあるが、藤也はその言葉で主治医から病名を聞かされた事を知った。最初の説明の後、検査結果がそろい確定診断が下されていたからだ。息を切らしながら休み休みの話だった。

「つらい思い出は思い出せない。あの世で後悔したことを思い出したらその時はどうするかな」とも言う。

「母さんと結婚して幸せだった」

「母さんに言ってあげた？」

「まだだ。母さんは泣き虫だからな」

「気にしないで言ってあげたら？」

「そうだな」と進が言い、笑みを浮かべた。

進は急に真面目な顔になり、「エンディングノートを書いた。後で見ておいてくれ」と言う。以前、葬儀屋が講習会を開き、参加してノートをもらい書き方を教わったのだそうだ。進は何事にも抜かりはなかった。

藤也は一度、紀子に入院中の進のところに行き面会をするよう勧めたことがあったが強要はしなかった。いい顔をされなかったからだ。

紀子が健を連れて面会に来ないことを進に詫びた。

「いいさ。気にするな」と言い、さして気にしていない振りをしていたが「健はかわいくなっただろうな」と、ぽつりと呟いていた。

「それより、早く家に帰りたい」と言う。

実家に帰り、さくらと陽子の三人で話し合った後、病院と相談し、退院の段取りをつけた。

輸血により、わずかに貧血がよくなった時点で、家に帰り車を降りた進は、車椅子に乗り換えうっとり家を眺めていたが、陽子に促されて中に入った。庭の見える明るい和室にカーペットを敷いて準備されたベッドに横になった。疲れたのか溜息をつき目を閉じた。

訪問診療、訪問看護の手続きは済ませてあった。訪問診療は町の診療所の先生に頼み、看護は入院先の看護師が、訪問介護はケアマネージャーを通し、町の老人福祉施設より来てくれる事になった。


早速、三郎がやってきた。

「思ったより、元気じゃねえか」ベッドのわきに座ると、進の顔を覗きこんだ。気配を感じたのか進が目を開けた。

「いろいろ世話になるな」と、弱々しく父が言う。

「お互い様だ。気にするな」三郎が言うと進は笑顔で頷いた。

「ちょっと、便所に行ってくるわ」

三郎は立ち上がり部屋を出ていった。

縁側の手前の障子が開け放たれ、爽やかな風が吹き抜ける。取手東線から聞こえる車の音、ご近所さんの話し声、家の中を飛び交う家族の声、普段何気なく聞いている声や音が進の心を癒していた。

台所の隅で三郎叔父が背を向け、肩を震わせている。振り返った目が赤かった。

進は相当疲れた様子だった。少しベッドの背を上げ、手足にクッションを入れると「少し楽になった。ありがとう」と、言った。

午後になり看護師が来てくれた。バイタルサインチェックを行い全身の状態を見るとＩＶＨ（中心静脈栄養）を行い、今後の打ち合わせをすると帰っていった。

「診療所の医者です」翌日、ごま塩頭の白衣の医師が来てくれた。終始笑顔でのんびりムード。家族の不安が押しやられた。

「家のほうがいいでしょう」と言う。進が頷くと、「家のほうが好きなように過ごせますからねえ」と言った。診察をして世間話をした後、玄関先で陽子と向き合い「何かあったら連絡してください」と言って帰っていった。

土曜日。義父母と共に紀子が健を抱きやってきた。彼等を案内して進の部屋に行った。

「遠いところを」と言って進が目と口で挨拶をする。

「早くに伺わなくてはならないのに」と、義父母が謝る。わずかに聞こえるほどの声で「そんな」と、言いながら進がまた義父母を見た。

見計らって藤也が進のベッドに健を寝かせた。進は「よく来た、よく来た」と言い目尻に皺を寄せ笑みを見せると、健のふくよかな手を握り喜んでいた。

紀子は周囲に関心を寄せず、話もしない。無言で健を受け取り、無言で頭を下げ、早苗の説得に応じる様子もなく義父母が帰ると一緒に帰っていった。何も言えない自分を藤也は不甲斐なく思った。

進はうとうとすることが多くなった。

藤也は心配になって鼻に耳を近づけ、温かい息にほっとする。

お腹が大きく、足の浮腫が日に日にひどくなる。怠いと呟いている。ゆっくりゆっくり話しかけながら撫ぜると、いくらか表情がやわらいだ。

病院で習った床ずれの出来やすい場所を介護士と一緒に観察する。頭の後ろ、耳たぶ、肩、肩甲骨部、仙骨部、肘、膝の外側、踵等、体の下になるところはくまなく見た。病院でもらったチューブのクリームをつけ、マッサージをする。

尿瓶を使っていた排尿もおむつになった。尿の量が少なくなり色が濃くなる。意識が朦朧となり喘ぐような呼吸に変わった。医師に連絡をするとすぐに来てくれ、上体を高くして、準備をしていた酸素を使うように指示され、連絡が必要な親しい人に連絡をするようにとアドバイスを受けた。

その翌日、藤也は万が一に備えるために会社を休んだ。

周りの人は陽子ができるだけ進のそばにいられるように配慮した。

陽子は時々進の名前を呼び意識を呼び戻そうとした。また、冷たさが増した手先、足先をマッサージすることを忘れなかった。手で手足を包み込み自分の体温を進に移そうともした。

大勢の人が集まり、口数少なくその夜は進の顔と時計を交互に見た。時が過ぎ、朝方、引き潮だったのだろうか、進は大きな息を一つ吐き六五歳の生涯を閉じた。進の顔は安らかだった。苦しみから解放された一瞬でもあった。最後を見届けた人達が一斉に泣き出した。

藤也は意外にも冷静だった。連絡をし医師を待った。医師が来てくれ、目に光を当て、胸に聴診器を当てた。そして時計を見ると。見守る人々に時間と死を告げ頭を下げた。

陽子は涙を拭ったが皆の動揺が落ち着くと周りの人に感謝の言葉を贈った。その後、陽子とさくらの姿が見えなくなったが、誰もが心情を察し探そうとはしなかった。

診断書が出され診療所にもらいに行くと役場で手続きを済ませた。藤也はエンディングノートを開き、三郎のアドバイスを受けて、葬儀の準備に取り掛かった。ほとんど三郎が取り仕切り、近所の人達が手伝ってくれ、聞かれたことに答え、指示に従うだけでよかった。

陽子が思い出したように泣いている。陽子の事はさくらと手伝いに来てくれた陽子の兄弟に任せ事を進めた。

スナップ写真からとった葬儀用の写真の進が棺桶の向こうで笑っている。進のお気に入りの写真だ。見るたびに涙が溢れそうになり直視できなかった。

進の希望で地元の葬儀社を使う。花や供物が届けられ、生垣には花輪が数多く並ぶ。進の付き合いの広さをしみじみと感じた。

お通夜では集まった人々と夜を徹して故人をしのび語り合う。

家族の知らないエピソードが次々に披歴され、驚きのうちに夜が明けた。

通夜には多くの人が集まってくれたが、葬儀ではさらに人が増えた。

藤也の会社の人達の顔も見えた。一人一人に頭を下げる。部長、課長、中村や知子、他の同僚も多数来てくれた。後で知ったが、知子は手伝いを申し出てくれたようだ。

自宅に電話をし来るように言ったが、紀子は義父母と共に健を抱き、来るには来たが手伝いもせず帰ってしまった。

やりきれない思いだ。紀子との結婚は付き合い始めた頃から間違っていたのだと認めるしかなかった。

斎場に向かう。読経の後、進の棺が厚い金属の扉の中入れられ、閉まる音が重く響く。父と家族を引き離す魂を揺すぶられる音だった。陽子が泣き崩れ、さくらに支えられ落ち着くまで背中を撫ぜられていた。

斎場の庭に出た。煙突から立ち上る白い煙が青空に消えてゆく。紋白蝶が一匹、どこからか姿を現し、陽子の肩にとまった。『泣くな、泣くな』と言うように翅を緩やかに動かしている。まるで進が最愛の妻に最後のお別れをしに来たように。

飛んでいく紋白蝶を陽子が追ったが、いつのまにか見失ってしまっていた。

お骨は壺に入れられ、白い箱に収められて帰途に就いた。

家の中はひっそりとして、とても広く感じ、進のいない家は寂しくなった。

（四）

当然、責められる事は覚悟していた。

「どうなっているんだ、お前の嫁は。そうあることじゃねえんだぞこんな事は。嫁が来ないとしめしがつかねえだろうが」

「叔父さん、産後の体調がすぐれず手伝いに来れなかったんです。申し訳ありません」藤也は苦い思いで紀子を弁護する。その言葉が叔父に火をつけたようだ。

「そんな事言い訳にならねえだろうが。見舞いや葬儀には来れたんだぞ、具合が悪けりゃ奥で寝ててもいいんだ。来ないというのは話にならねえ」

親戚の人々が集まっている。三郎は親戚の手前、言いたくない事を言ってくれている事はわかっていた。藤也は下げたままの頭を上げる事が出来なかった。さくらの言葉が追い打ちをかける。

「藤也くんがしっかりしないから紀子さんになめられるのよ。来れば私だって健の面倒ぐらい見させてもらったわよ。互いに助け合えば葬儀を乗り切る事が出来たはずよ。当分、うわさが飛び交うでしょうね。実家なのに人目を忍んで来なければならないわ」

さくらはいつにも増して辛らつだ。

陽子は心身ともに疲れ果てているはずなのに、頭を垂れ部屋の隅で押し黙って聞いている。今後の親戚付き合いが思いやられた。

当分実家にいなければならない。会社には特別休暇と、有給休暇を口頭で申請している。諸手続きや挨拶周りはそれで事足りるだろう。

藤也さんが休んでいる。どんな気持ちで過ごされているのか。役に立たなくてもそばにいたい。知子はさりげなく藤也の机に触れて出退社する。

『係長』と話の中に聞こえるたび耳をそばだててしまう自分がいる。今日も肩を落として帰途に就く。知子は藤也の実家を思い浮かべた。町は田んぼが広く三方を住宅に囲まれていた。空が大きく、大きな川が流れ筑波山が見えた。自然豊かな町だ。ここからは二時間程で行ける距離だが遠くに感じられる。早く会いたい。恋焦がれる気持ちは生まれて初めてだった。

「花田さん、今帰り？」社屋を出て呼び止める声に振り返ると、笑顔の中村が立っていた。

「これから予定がある？」

「いいえ」意識して明るく返事をした。

「お茶でも飲まない？」

知子に躊躇がなかった。藤也の事を誰かと心ゆくまで話したかったのだ。誘いに応じBGMに軽音楽の流れる喫茶店に入った。

中村の話では軽音楽はブラザース・フォアの曲だという。聞いたことのない曲だが、緩やかで快い調べだった。

「マスターがファンなのかもしれないな。団塊の世代が学生の頃流行ったらしい。来日したこともあるようだな」と、中村が言う。

注文した物が届く間、耳を傾けた。

知子の前にはピザとコーヒー、中村はスパゲティとコーヒーが運ばれてきた。

食べながらの話となった。

「昨日はお疲れ様でした」知子から話をきりだした。

「小田の家、あんまり田舎でびっくりしただろう」

「そうですね。でも、私もいなかっぺですから平気です」

「面積のほとんどが田んぼの町だ。東京からはちょっと遠いが、通勤できない距離じゃない。犯罪や交通事故もほとんどない治安のいい町だ。通勤を考えなければ、暮らしやすい町だな。俺は大学時代、彼の家に泊まらせてもらったことがあるんだ。夏だったんだけど風通しがいいから涼しくて、静かなんだよ。小田と一緒に自転車で町の中を走ったが、それなりに古くからの歴史があって自然に恵まれていて、東京の喧騒に慣れていた俺には新鮮な町だったな」

「どれくらい滞在されたんですか」

「一週間くらいかなあ。亡くなった小田の親父さんを囲んで毎夜飲み会。昼間は田んぼや畑を手伝ったり、釣りに行ったりバードウォッチングもしたなあ。俺の家はサラリーマン家庭だったから、見聞きするものすべて新鮮だった。あの時、俺は将来農業に就いてもいいかなって思ったくらいだよ。しかし、あの元気で聡明な親父さんが亡くなるなんて予想外の出来事だったよ。まだ六十代だろ。小田も大変だなあ」

しみじみと言う中村に知子は口を挟まず聞いていた。中村の口調が変わった。

「紀子さんの姿を式場で見た？」

「ええ、赤ちゃんを抱いて。両親らしき人と居たような……」

「トイレを借りた時なんだ。手伝いの人の話を耳にしてしまった。話している人は女性だった。『とうに床離れが出来ているはずなのに病院に面会に来ないし、葬儀の手伝いもしない。藤也さんと、紀子さんの結婚生活はうまくいってないんじゃない』って疑っている様子だった。紀子さんに対して良い感情を持っていない口ぶりだった。立ち聞きは非常識だと考えてその場を離れたんだ」

二人は食事を終えコーヒーを飲んでいた。

「小田は真面目で上司や部下の信頼が厚い。だが、異性に対して、もう少し関心を持っていいと思うんだ。昔っからそうなんだよ。合コンなんかに行っても、モテているのに気づかず相手が諦めてお終いと言うことが度々あってさ、周りをやきもきさせることがあったんだよ。別に女嫌いというわけじゃないんだ。大学時代、付き合ってた女の子がいたからね。紀子さんに手玉に取られてなきゃいいんだが…」

藤也さんに好きな人がいたなんて。初めて聞く話で知子は昔の事とはいえショックだった。藤也の年を考えれば、そういう人が二、三人いても不思議はないのだろう。

知子は動揺を隠したがこの話にどう返していいのかわからなかった。

「その女の子とは卒業を機に互いに仕事が忙しくなって自然消滅。そうでなければ紀子さんとは付き合ってなかっただろうな。あいつは清流の魚のようだと思うことがあるよ。泥水は似合わない。だけど親父さんが死んで、これからは全て自分で決断し行動しなければならない。今までは親父さんが大きな楯だったと思うよ。今後大変だなあ、小田も」

しみじみと中村が言う。知子と同じように藤也への思いを共有したかったのかもしれない。

数日後、藤也は自宅に帰っていた。進の死で力を落としていたが久しぶりで健を抱き、力を与えられて笑みが出た。

健の入浴が昼間だというので買って出た。裸の男同士の付き合いだ。落とさないように気を付けて胸に抱く。浴槽の中の健は気持ちよさげだ。

「お前も風呂が好きか？」

藤也は返事のない健に語りかける。浴槽の湯が盛り上がり動いている。風呂の中でのおしっこ。浴槽を出ると体を洗ってやる。小さい。ホタルイカのようなおちんちんに目が行った。男の象徴。どこもすべてが小さい。手をしっかり握りしめている。

「手を洗う時は小指から指を入れて洗うと開きますからね」入院中、看護師から教わった言葉を思い出した。体を洗った後、尿の混じった浴槽に入れる気がせず、かけ湯をして完了。

紀子を呼んだ。健は広げられたバスタオルの中に納まった。風呂場を出て居間に行くと健が白湯を与えられている。紀子も母親業が板についてきたようだ。

早苗の姿が見えない。尋ねると夜は帰り朝来るのだという。時計を見ると九時近くになっていた。

目を伏せて語る紀子に、話すべき事があったが、穏やかな時間を壊したくなくて後回しにした。

藤也は冷蔵庫から進も愛飲した?ビールを取り出した。居間のソファに腰掛け一口飲んだところでチャイムが鳴った。

ドアを開けると早苗が立っていた。早苗の驚きの顔が笑顔に変わり、すぐに顔に陰がさした。

体を引き早苗を通す。

「大変だったわねえ。体調は大丈夫？　お父さんの事、なんと言っていいか、それに紀子が非常識にも手伝いにも行かないで、本当に申し訳なく思っているの」上着を脱ぎ、バッグを置きながら早苗が言う。

「お義父さん、お義母さんには本当に感謝しているんです。産後の手伝いや父の入院、葬儀と立て続けにあって、お二人に心労をかけ、ご不自由な思いをさせてしまって本当に申し訳なく思っています。紀子のことに関しては僕の至らなさもあり、これから少し話し合わなければと、思っています。今後いろいろとご相談に乗っていただかなければならないこともありますので、よろしくお願いします」

藤也はそう言うと、深々と頭を下げた。

「協力出来ることはなんだって言ってちょうだい。夫も気にしているのよ。今回の事」

藤也が礼を言うと早苗は「今夜はいられるの?」と言ってにこやかに笑った。笑みを返しながら紀子を見ると白湯を飲ませ終え、健のげっぷを吐き出させた後、子供部屋に姿を消した。

会社の事を聞かれ、休暇の事を話した。

「お家の片づけは大変でしょう」

「ええ、父名義の事務処理が結構あって税理士さんや弁護士さんとも今後話をする予定です。田畑の管理も親戚とはいえ、いつまでも叔父に頼ってばかりいられませんし」

「私も父が亡くなった時、姉妹の長女ということもあって大変だったのよ。あなたの事がよくわかるわ」

早苗はそう言うと割烹着を着て働き始めた。紀子はベランダの水やりをしている。藤也は溜まっていた郵便物の整理やメールの確認をして返信する。時間は瞬く間に過ぎた。

会社には不定期ながら連絡を入れている。藤也の代行は一年後輩の優秀な課員が引き受けてくれている。滞りなく仕事はすすんでいるようだった。しかし、一人休暇を長期に取ればその皺寄せは他の課員に行く。いつまでも休んでいるわけにもいかない。実家の事を考えれば退職も視野に入れなければならないだろう。他の課員の事を考えれば早く進退をはっきりさせ、他部署から人員を回してもらわなければならない。

藤也は実家の広い田畑を見るにつけ先祖から受け継いだ土地の管理を、六十を過ぎた陽子だけに任せると、到底維持できないだろう。

藤也の決心が固まりつつあった。しかし、それには障害があった。

農家の仕事は一朝一夕で身につくものではないし、家庭菜園のように気楽にはいかない。給料に代わる収入を得て家族に不自由なく暮らせるよう保証しなければならない。紀子をいかにして説得するか。これが一番難しそうだ。それに期待してくれている部長に何と言おう。

早苗が紀子に家事の指導をしている。合成洗剤の代わりに重曹を使うことが多い。長らく専業主婦をしているせいか家事を完璧にこなしている。

紀子はやる気のなさそうな態度でやっているが、叱られて手を動かしている。紀子は会社にいた時はそつなく仕事をこなしていた。何が紀子のやる気をそいでいるのか。そういえば、時々、ボーっとしている事がある。誰にも打ち明けられない悩みでもあるのだろうか。

気持ちが滅入る。気分転換に散歩を思いつく。子供部屋を覗くと健が起きていた。おむつを替えて乳母車を出す。

「健を連れて散歩に行ってきます」と声をかけると、早苗が紀子に一緒に行ってきたらと言っている。紀子は渋っていたようだったが支度をして玄関に出てきた。

道すがらこの一、二ケ月の事について紀子の気持ちを聞こうとした。すると、七十過ぎの放送局とあだ名のある隣の牧田さんが二人に気づき声をかけてきた。

「ご主人、しばらくいらっしゃらないようだったから、どうされたのかと思っていたのよ」

乳母車の中を覗き込み、健を見る。

「まあ、随分大きくなったこと。お父さん似かな。それとも、お母さん似？」

紀子が嫌な顔をしている。やたらなことを言えば後が面倒だ。紀子は答える気はなさそうだ。

「田舎に帰っていたんです」

「あら、田舎は何処？」

目が輝いている。まずい。早く話を切り上げないと。

「茨城です」

「茨城って霞ヶ浦があるところでしょ。予科練のあった」

「いや、そっちのほうじゃなくって利根川に近いところ。千葉県との県境です」

近くで野球をしていた子供達の歓声が上がり、球が飛んで来て数メートル先でバウンドした。

「失礼します」と言葉をかけ、数歩駆け寄り球をつかんで放り投げた。子供達からお礼の言葉が飛んできた。牧田さんには振り返って頭を下げ、その場を離れた。紀子も珍しく笑顔を見せ、頭を下げた。

夫婦の会話がなく黙々と歩く。話のタイミングが摑めないうちに帰宅すると早苗が帰り支度を始めていた。藤也を見て「明日は?」と、聞く。「朝、茨城に行きます」と言うと、頷いて帰っていった。

早苗の準備しておいてくれた夕食を食べ、二人で台所に立ち片づけを終え、紀子は授乳を終えると入浴をした。話し合うきっかけが摑めない。雰囲気がそうさせるのだ。

藤也がベッドで待っていると、紀子が入ってきて、体を合わせ首に腕をかける。唇を求められそれぞれが引き金になり求め合い、突き抜ける快感に幾度か酔い、朝を迎えた。互いに体は満たされたが心が満たされない同居人だった。

朝の光が眩しい。健が子供部屋で泣き出した。

紀子が子供の世話をしている間に藤也は洗面とシャワーを終えた。朝食の支度をする。

できるメニューは多くない。ベーコンとわかめ、ねぎを入れたチキンスープ。塩・コショーで味付ける。サラダはレタスをちぎりスライスしたキュウリとくし形に切ったトマトに胡麻ドレッシングをかける。ゆで卵を作り食パンを焼いてマーマレードとバターを添えた。コーヒーには、はちみつと牛乳を準備した。

父はよく「労働者は体が資本だ。バランスの良い食事と運動を心がけろ」と言っていた。しかし、その父が早死にしてしまうとは思いもよらぬことだった。父を思い出し、心が悲しみにおそわれた。

テーブルに着いた紀子が曇った顔の藤也を怪訝そうな目で見つめていた。

時刻は七時になっていた。

久しぶりの二人だけの朝食。結婚した当初の満ち足りた思いは何処へ行ったのか。食事を終え、コーヒーをお代わりする。紀子のくつろいだ様子に、話をするのは今だと思った。

「紀子、少し話があるんだ」

藤也が話し始めると紀子の体が強張る。

「今からする話は君も予想がついていると思う。また、数日は帰れないだろうから君の考えている事を聞いておきたいんだ。いいかな?」

紀子は顔を上げ頷いた。藤也は頷き返し話し始めた。

「父の事では互いに色々大変だった。僕はたびたび家を空け、君もお義母さんが居てくれるとはいえ、精神的な負担をかけてしまったと思う。君のご両親には感謝してもしきれない。葬儀も終わり、今更と思うかもしれないが、今後の事があるからきちんと話し合っておかなければならない。僕は父の生前、もっと健に会わせ癒しを与えたかった。それができなかったのはなぜだい」

「面会に行くべきだと思ったのよ。だけど、病院には黴菌が多いだろうし、健のために行ってはいけないと思ったの」

「誘った時、どうしてそれを言わない。話し合いをきちんとしないと相手の気持ちがわからず誤解が生じるだろう。実家になら来れただろう」

「お母さんがいつもいるでしょう。なんだか行きづらくて」

「母が嫌いなの？」

「そうじゃなくって……」

「それではなんなの」

「………」

「正直に言うよ。君が初めて家に来た時、勧められたお茶を飲まなかったよね。目は母の手にいっていた。母の手は農作業のためくっきりとしたしわがあった。生理的に嫌だったんじゃない。母の出したものが」

「………」

「母は働き者で優しくて、正直だ。おしゃれには無縁な母だけど、昔からそうだったわけじゃない。写真を見ると大学時代は若々しくて素敵だった。父はそんな母が好きで結婚したんだ。母とうまく付き合ってくれると嬉しいんだけどな」

「……」

紀子は目を合わせようとせず落ち着かない。

「父が亡くなった時も、お義母さんが手伝うから、僕の実家に行くように言ってくれたのにどうして葬儀を手伝ってくれなかったのかな。手を出さなくてもいてくれるだけで小田家の面目が保たれたんだ。農家は特に絆を大事にするんだ。そうしないとやって行かれないところなんだよ」

「私は農家の人と結婚したつもりはないわ」

紀子の言葉が怒りに変わった。

「だけど、父が死んだ今、現実なんだ。覚悟してもらわないと」

「農家のお嫁にはなれないと言ったら？」

紀子の声が大きくなり刺を含む。

「話は最後まで聞いてくれないか」

藤也は紀子の言葉に怒りを感じながらも、冷静になろうと努めた。

「実家には祖先から引き継いだ大事な田畑がある。家は専業農家だ。今後母一人では田畑を維持することは到底無理だろう。

僕は父が入院して以来色々考えてきた。僕はもともと農業を父と一緒にやりたかった。しかし、父は『定年になってやりたければやればいい』と、言ったんだ。年金と農業収入を合わせた経済的に安定した暮らしを提案したんだよ。それまで父は自分が長生きし、農業を続けられると考えていたようだ。

父は立派に農業で生計を立てた。子供の教育に力を入れ僕達を大学に入れてくれた。

農業は奥が深い。努力すればするほど成果を望める。頭脳労働も要求される。人間の生きていく基本となる食物を育てる事は人間を育てる事だ。胸を張って誇らしく生きることのできる職業だ。

僕は農業を職業としたい。困難があってもそれだけ価値のある仕事だと思う。わかってほしい」

「私に協力しろと言っても無理よ」

「田舎は健の健康、教育のためにも最適だ」

「私はいやよ」

「僕達の付き合いは短く、結婚前に互いをよく知る期間が短かった。父の死がなければ何事もなく暮らせたかもしれない。でも、皮肉なことに現実は違った。このままいけば僕達は生活を続けられない。結論を急がないで努力してみてくれないか」

「何度言われてもいやなものはいや！」

「よく考えて結論を出して。あらためて後日話をしよう」

「すぐでもいいわよ」

「もし、君がどうしてもいやなら、離婚を考えなくてはならないが離婚は避けよう」

藤也は我慢の限界がきていた。冷静でいられなくなり言葉が荒くなっていた。藤也以上に紀子は興奮しており席を立った。目が座っている。

「いいわよ。離婚でも」

「健はどうするんだ」

「ほっといて。私の子よ」

「何を言っているんだ。俺達の子だろ」

「健はあなたの子ではないわ」

藤也も立ち上がる。

「馬鹿を言うな！」

「産んだのは私よ。私が一番、知っている」紀子は藤也を挑発するような発言を繰り返す。

「どういう意味だ」藤也が迫る。

「言葉の通りよ」

「誰の子だ」

「言えないわ。だけどあなたの子ではないわ」

「嘘だろ。嘘だと言ってくれ」

藤也は奈落に落とされたような気持ちになり懇願するように言った。

「本当の事よ」紀子は今まで秘めていた苦しみから解放され、むしろ今の状態が嬉しくもあったのである。

「俺を騙したのか」

「そうよ、あなたを騙したのよ。これでせいせいしたわ。あなたも好きなように生きていけるわね。私を巻き込まなくても」

「………」

藤也はしばらく怒りの目で紀子を見ていたが、ひったくるようにバッグを持つと玄関に行った。

紀子は後ろ向きのまま、爪を嚙んでいる。

何も知らずに早苗がやってきた。

「あら、……」

早苗は二人を交互に見て、ただならぬ藤也の形相に言葉を続けることができなかった。

藤也は硬い顔のまま、言葉もなく会釈して早苗と別れたが、怒りを抑えられない自分を自覚する分別があり、車に乗っても気持ちが少し収まるまで車を発進させなかった。


実家に着いた。

「どうかしたの？　何があったの？」陽子は藤也のただならぬ雰囲気に思わず尋ねた。

「ただいま。たいしたことではないんだ。疲れたから部屋で一休みしてくる。心配しないで」

藤也の顔色が悪く口数の少ない様子に、陽子は後姿を見ながら心配になった。

『紀子の話は本当だろうか』

藤也は子供の頃から使っていた自室で臥せ、仮眠をとろうとしたが神経が高ぶり眠れなかった。

紀子との結婚までのことを一つ一つ思い出してみた。

付き合いだしてから妊娠までの期間。妊娠を告げた時の彼女の様子。藤也の意向を無視した発言の数々。初めて体を重ねた時、確かにセックス慣れしているように思えた。処女でないことにこだわらなかったが、健は紀子似だと思っていたから疑問を感じなかったが、考えてみれば自分に似たところがないような気がする。DNA鑑定をすればはっきりするのだが、売り言葉に買い言葉だったら？　あまり事を荒立てずに調べる方法はないものだろうか。周りは差しさわりのあることは当事者に言うのを控えるものだ。中村の顔が浮かぶ。そうだ、彼に聞いてみよう。藤也はそう決心するとスマホを摑んだ。

中村にはすぐに電話がつながった。葬儀参列の礼を言い、近況報告の後、本題に入った。

「大事な話があるんだ。会って相談に乗ってくれないか」

藤也の焦りが中村に伝わったようだ。

「人身事故か？　それとも……」

「違うよ。子供の事だ」

「子供の事？　俺は独身だぞ」中村はついに来たかとの思いを隠してしらばっくれた。

「承知で電話している。とにかく会ってくれないか」

「相談に乗れないかもしれないが、それでもいいか」

「いいよ。とにかく会ってくれ。頼むよ。相談できる相手はお前しか浮かばない」

「わかった、会うよ。いつがいい？」

日時と場所は金曜日、中村のアパートでということに決まり、藤也はほっとしてスマホを仕舞った。

一方、中村のほうはいやな予感がしていた。藤也にとっても自分にとってもつらい一夜になる事を覚悟した。中村は藤也と話をする前に確かめておこうと佐竹に連絡を取った。真実を知るには第三者のほうが話しやすいのではないかと考えたからだ。

中村と佐竹は頃合いを見計らい誰もいない会議室に入った。

佐竹は意外とすんなり白状した。

「過去に付き合っていた。子供が出来たことも知っていた。だけど絶対と言い切れないがベッドの上では必ずゴムをつけて危険を回避していたんだ。紀子は佐々木部長とも付き合っていたんだぜ。紀子が小田に結婚を迫ったのはカムフラージュのためだと俺は思ってる。未婚の母になることを避けるためにな。なんせ、小田に迫れば真面目だから結婚は確実だと思ったんじゃないか。結婚して落ち着いたら、はい、さようならという可能性もあるんじゃないかな」

「お前は知っていて付き合っていたんだな、小田の気持ちを考えなかったのか」

「少しは考えたよ。しかし、紀子の誘惑には勝てなくてね」

佐竹の線は消えたが問題はそのままだった。

藤也は酒とつまみを持って中村のアパートを訪れていた。

「久しぶりだなあ。最後に小田が来たのはいつだっけ」

「結婚前じゃないか。まだ、紀子と付き合っていなかった頃だよ」

中村は学生時代は実家から通学していたが、入社を機にここに住み始めた。台所、トイレ、風呂、小さなベランダ付きのマンションで、近所に商店街、公園、小学校のある環境で交通の便も良い。

中村は二人の好きな焼き肉の準備をしていた。焼酎にグレープフルーツまである。

「中村。落語は続けているのか」

藤也が聞くと地域の落語同好会に入り、創作落語が結構うけているという。

「年に二、三回落語会を開いているんだ。大学で落研に入っていた奴もいて、玄人はだしの人が何人かいるよ。今度落語会を開いたときは連絡するから来てくれ。ところで、お前、バスケは？」

「卒業してから、地域の体育館を借りてやっていたが、みんな忙しくなって集まりが悪く、自然消滅した形になっている」

「そうだよなあ。チームでやるスポーツは難しいのかな」

二人は先ほどから本題を先延ばしにして誰が先に切り出すか駆け引きをしていることに気づいていた。

酒のコップが空になった。それを機に中村が切りだした。

「ところで、お前が言っていた子供の話ってなんだ」

「ああ」藤也はほっとしたように話を続けた。

「中村、もしかして紀子の事知っていた？」

「何の事だ」中村はとぼけた。

「電話した日、久しぶりに自宅に戻って明けて朝の事だよ。これからの事を話し、実家の農業を継ぐと言ったら怒りだして、子供の話から離婚の話までに発展してね、子供の親は僕の子ではないと言い出す始末さ。お前さ、何か紀子の事聞いていない？」

「結婚前に言うべきだったんだろうが噂は噂だから、うかつには言えないよ」

「どんな噂？」

「それは、ちょっと……」

「頼むから正直に言ってくれ。騒ぎ立てることはしないから。事が事だけに、お前にしか聞けないんだ」

「紀子さんの言ったとおりの事だよ」中村は赤裸々に話すことを控えた。

「言った通りの事って？」

「……実の子ではないって事さ。あくまでも噂だからな」と、念を押す。

「ほんとかよ」藤也の疑念が本当になりつつあるように感じ、今までの結婚生活が夢と化したような気がした。心が嘘だ、嘘だと言っている。健の顔が浮かんだ。信じられるはずがない。藤也は頭を抱かえた。無言の時が過ぎ、観念したように藤也は聞いた。

「誰の子だって？」

「佐竹の子じゃないかって。だけど、どうも佐竹ではないらしい。確かめたんだ。本人に」

「佐竹は誰だって？」

「誰とも言わなかったが、佐竹が言うには紀子さん、佐々木部長とも付き合っていたらしい」

藤也はため息をつき肩を落として言った。

「知らないのは僕だけだったのか。笑いものにされていたんだな。こんな話、まるでテレビドラマじゃないか」現実離れしている。藤也はみんなの顔が見られないと思った。

「互いに冷静になった頃、もう一度、本人に確かめてみたらどうかな。今日明日確かめたところで本当の事を言うとは思えない。一番知られたくない事だったんだろうから。

小田だって疑心暗鬼じゃ気持ちが落ち着かないいんじゃないか。

本当だとして、紀子さん、今まで知られやしないかと一時として心が休まらなかったんじゃないの。明らかになって心の底ではほっとしているかもしれないよ」

「紀子の気持ちを考えたことはなかったな。僕と結婚した事で、一時心が休まったが、新たな悩みを抱えていたのかもしれない。そんな気がする」

「真実はまだわからない。お前の子だっていう可能性も消えていないんだ。憶測はそれくらいにして飲んで、食べよう。うまい肉が話に夢中で黒焦げになってしまった。小田、今日は泊まっていけるんだろ。明日は土曜日だ。ゆっくりしていけ」

「ああ、そうさせてもらう」

中村の言葉は優しかった。藤也は中村に感謝した。来た頃よりははるかに冷静に考えられるようになっていたからだ。


実家にいれば否応なく進の痕跡を見ることになる。家族との思い出が詰まった家だ。時は藤也の思いとは関係なく過ぎていった。死後の事務処理も滞りなく済み日常の仕事に精を出す。それが気持ちの立て直しに役立った。早朝に目覚め、田畑の見回りをした後、利根川に沿って散歩する。そして朝食。母の手伝いをして野菜の出荷。雨の日には農業関係の新聞や本を読む。たまに同級生が訪ねてきて酒をくみかわす。それが精神衛生に役立った。

退職を考えた。しかし紀子との事が片付かないと退職願の提出もためらわれる。いずれにしろ近々出勤するつもりだった。

紀子とはあれ以来会っていない。雨の日を利用して自宅に帰ることにした。

チャイムを鳴らしても返事がない。合鍵で中に入った。人気がなく仕方がなく自分でコーヒーを入れて飲む。

家の中を見回す。いやに片付いている。そういえば、雨の日は洗濯物を室内に干すことが多いが、毎日洗濯物が出るというのにぶら下がっていない。何処に行ったんだろう。もしかして実家？　紀子の携帯電話にかけてみたが繋がらない。紀子の実家にかけてみると、いつものように早苗が出たが「藤也さん」と言ったきり黙ってしまった。不審に思い「今、家に帰ったんですが、紀子がいないんです。どこに出かけたか聞いていませんか？」と言うと、「聞いていないのよ」と言う返事があった。「ご迷惑でなければお伺いしたいんですが」と言うと、「お父さんがいる時にしてくれる」と言う。

いつもとは違う応対に藤也は戸惑いを覚えた。

義父・誠の帰宅時間を見計らい八王子にある紀子の実家を訪ねた。

健は実家に預けられていた。

紀子の言葉がよみがえる。いまだに信じられなかった。健が生まれてから、二人で協力し世話もした。健は家庭の要となり欠かせぬ存在となっていた。

　抱き上げるとまた重くなっていた。藤也をじっと見て笑顔に変わった。手足をばたつかせる。抱きなおして話しかける。

「元気そうだな。来なくて悪かったな。ママがいなくてさみしくないか」

　早苗がそばに来た。

「母乳がいいとはわかっているんだけど、紀子がいないもんだから人工乳に切り替えたの。ミルクが体質にあってよかったわ」と申し訳なさそうに言う。

「お世話をおかけします」

　藤也は申し訳ない気持ちになった。紀子はいつからいなくなったんだろう。無責任だ。健を置いて出かけるなら、連絡をくれてもいいはずなのにと思いながら、はっとして無責任なのは自分も同じことだと気付いた。定期的に連絡も入れず、任せっきりにしていたのだから。親として無責任だったと反省せざるをえなかった。

「ただいま」玄関の開閉音がして、紀子の弟・実が帰ってきた。

「義兄さん、いらっしゃい。お袋、姉貴帰ってきた？」

「まだよ」

「しょうがねえなあ。健をお袋に任せっきりにしてほっつき歩くなんて最低だよ」姉弟だけに辛らつだった。

「実、藤也さんの前よ」

「義兄さんもそう思うでしょ」

藤也は話を振られて苦笑いする。自分も責められているような気がしたからだ。

「お袋、飯。お腹がすいた。義兄さん食べた？」

「食べてこなかった。誘ってくれるんだったらお義父さんと一緒のほうがいいと思う」

「俺もそうしようかな。義兄さん今日、泊まる？」

「そうできればいいんだが、茨城に帰らなきゃならないんだ」

「残念だなあ。一緒に飲めると思ったのに」

本当に残念そうである。橋田家はいつ来ても藤也にとって居心地がいい。

誠が帰ってきた。

「ただいま。藤也君、待たせてすまなかったね」

藤也が来ることについて早苗から連絡がいったようだ。

「先程着いたばかりです。お疲れのところお邪魔してすみません」

「いや、かまわないよ。来たい時にはいつでも来なさい。私達は家族なんだからね」

藤也が葬儀と健のお礼を言い終わると誠は着替えに行き、早苗が健を連れていったので、実と藤也はすでに夕食がセットされているテーブルに着いた。

「藤也君、本当にすまない」

誠が戻ってきた。テーブルに着くなり誠は頭を下げた。早苗も一緒に頭を下げる。藤也は戸惑い無言で頭を下げた。実は三人を見比べている。

「実抜きでと思ったんだが、お前も大学生だ。世間が大人と認める年齢になった。一緒に話を聞いてくれ」

「姉貴がいない他に何があったの」

「その話は後だ。ご飯を先に済ませよう。みんなお腹が空いただろ。俺もだ。じゃ、いただきます」

誠の合図で箸をとる。いつもの橋田家の食卓とは違って静かだった。食事が終わった。「ところで」と、誠が口火をきった。

「大体のところは紀子から聞いた。数日前の事だった。あるまじき行為に驚き叱ったんだよ。すると出ていってしまいそれっきり。藤也君は何処まで知っている?」

藤也が視線を実に向けると、誠は「かまわないよ。話してくれないか」と言った。

「最後にお義母さんと会う前の事です。今後の生活を考え、見舞いや葬儀の手伝いのことがあって来れなかった理由を聞き、父が死んで田畑の維持を母だけでは出来ないので会社を辞めて農業を継ぎたいと言ったんです。どうしても農家の嫁になるのはいやだと反対されて喧嘩になり、離婚の話になって話が健に及びました。健が僕の子ではないと言われました。でまかせかと思ったんですが、会社では出産の時から噂になっていたようなんです。誰も事が事だけに僕の耳に入れてはくれませんでした。少し時間を置けば冷静になって話し合えると思い、自宅に帰ってきたんですが、後は皆さんのご存じの通りです」

義父母は目を伏せて口を閉ざした。ため息をついたのは実だった。

「まったく、姉貴は周りの事を考えていない。我が姉貴ながら恥ずかしいよ」

今後の事については少し、様子をみることになった。

「郵便でーす」

赤いバイクがいつものようにやって来た。ダイレクトメールと一緒に藤也宛の封書が届いた。裏を見ると名前だけ。紀子からの手紙だった。紀子の住所が書かれていない。取り出してみると、離婚届と一緒に一筆箋が入っていた。離婚届には紀子の名前と住所、印鑑が押してあった。

元気にしています。
私を探さないでください。
健の事は母に頼みましたから大丈夫です。
書き終わりましたら役所への提出をお願いします。

大事な事をこんな簡単な手紙で済まそうとする紀子に、当惑と怒りが同時にやってきた。

陽子には、さりげなく「紀子から手紙が来た。紀子と健は元気だって」と話した。陽子は「遊びに来てくれるといいのにねえ」と、寂しげに言った。陽子にはまだ、事の真相を伝えられない。

退職願いを書こうと決心がつく。佐々木部長に真相を聞くチャンスかもしれない。課長と総務課に連絡を入れた。
陽子には父の跡を継いで農業に就くことを宣言し、会社を辞めることを告げた。

「藤也のしたいようにすればいい」

陽子は悲しげな目をしただけで、他は何も言わず背を見せた。

進が死んでから陽子は笑顔を見せなくなった。父の物も生前のままだ。時折、佇んで父の物に触れては心を慰めているようだ。そんな様子を藤也は見て見ぬふりをしていた。

シャワーを浴びて、藤也は小さい頃から行きつけの床屋に行った。


その頃、知子は自分の住むアパートに大学時代の二人の友人を招いていた。

真弓は静岡土産の赤魚の酒粕漬けを持参し、かおりは知子の住む近所の洋菓子屋でケーキを買ってきた。知子は飲み物と果物を準備したが、他の食材は二人で近所のスーパーに行き買ってきた。

騒がしく楽しい料理の時間だった。準備を終え、それぞれ座に着いた。

「カンパーイ。ところで」と話が始まる。今夜はごろ寝の予定でTシャツにGパンというリラックスしたスタイルでくつろぐ。

「ところで真弓はうまくやっている?」と、知子が言った。

「やっと軌道に乗ってきたかな。先生って傍から見るより忙しいのよ。教壇に立つ以外、家に仕事を持ち帰ることも多いし、部活があれば土日もないし」

「外から見るのとは違うでしょ」

「そうなの。問題を抱えた子供がいて、電話でなく訪問する必要もあることもあるし、まだまだ初心者マークだから父兄に頭を下げなければいけないこともあるしね」

「モンスターペアレントはいないの」

「それらしい人はいるわ。でもまだ、大目に見てくれているわ。かおりはその後婚約者とうまくいっているの」と、かおりに話を振った。

「剛さんとはよく会うの。時折、家にも行くんだけど、家族はもう一員として認めてくれているみたい。私、旅館の手伝いをすることもあるのよ。知子のほうは？」

「係長が好きだったんだけど結婚してしまったの。かっこいいのよ。きりっとしていて、背が高く優しくて、仕事はできるし、みんなからは信頼されている人なの。私にだって付き合ってほしいという人がいるのよ。だけど、どうしても係長と比較してしまうのよ。仕事を一緒にするだけで幸せなの」

「相手は知子をどう見てくれているの」

「部下としてよ。でも、この間ね、君の笑顔を見ると元気をもらえるって言ってくれたのよ」

「それだけの付き合いで、我慢できるの」とかおり。

「我慢しているわけじゃないわ。声を聞いて、話ができるのよ」

「未来がないじゃないの。結婚しているんだから。ほかの人を探せば。深く付き合えば不倫よ」真弓の話は容赦がない。

「深く付き合う気はないの。あこがれの王子様なんだから」

「まさしく知子は奥手なんだから」

「不倫をしろっていうの。係長を汚してしまうわ」

「その係長。危険だなあ。気が付いたら愛人なんていうことにならないでね」

「愛人かあ。それでもいいかな。係長となら」

「真弓、あまり変なことを言うと知子、その気になるわよ。危ない、危ない」

「真弓は誰かいるの?」知子は興味津々で尋ねる。

「男は同僚しかいないの。でも父子家庭という子がいるわ。それもねらい目かもしれないわね。お金持ちで、見栄えがいいから」

「性格も重要よ。奥さんとは生き別れ、それとも病気や事故かなんかで?」

「知らないわ。授業参観の時、挨拶と一言二言話ただけよ」

「なーんだまだその程度」

ファッション、旅行、買い物、同期の卒業生の事等、話題が尽きることがなく夜が更けた。真弓とかおりはいつの間にか眠っていた。

「不倫」「愛人」の二文字が知子の頭に浮かぶ。キスをする。体が交わる。赤ちゃん。『産んでもいいかな係長の赤ちゃんなら』そう考えてその過程を思い描き、知子は赤くなり、布団を被って顔を隠した。隠した頭で考える。もし、そういうことになれば、醜聞に耐えられるかどうか、係長への影響は？　仕事は辞めざるを得なくなり、姉や父にどう説明したらいいのか。それらのことを背負えるとは思えない。『私には無理かもしれない』と、知子はため息をついた。

自分が話題となっていることも知らず、一夜を過ごし、藤也は久しぶりに会社に行った。水を得た魚になったようだった。課長に会い長期休暇のお礼とお詫び、退職の決心を伝え退職願を手渡した。

「お父さんが亡くなって大変だったね。とりあえず預かる。君の事情はわからないわけではない。しかし、会社も君を失うのは痛い。極端な事を考えず、再考してくれ。それと話は違うが慰労をかねて近々課内の者で飲み会をしよう」

アポイントを取り部長室に行った。佐々木部長に挨拶の後、

「せっかくの部署替えの配慮にお答えできなくて申し訳ありません」と詫び、退職の話をすると課長と同じような返事があった。意を決し、「妻の紀子の事で……」と、話を切り出すと、慌てたように誰もいない部屋の左右を見、「どうして橋田君とのことを」と言う。

「紀子の結婚前の話ですし、どうこう言うつもりもありません。ただ、実家に子供を置いていなくなり、行方がわからなくなってしまったんです。家を出る前『赤ん坊は僕の子ではない』と言い、昨日『探さないで』という手紙とともに離婚届が送られてきました。名前を明かすわけにはいきませんが紀子と部長が付き合っていたという者がいまして、真相をお聞きしたいと思っておりました。会社では婚前、紀子との事がいろいろ噂になっていたことも最近知りました」

退職を決意すると言いたいことを素直に伝えられる。不思議なものだ。

部長は「うーん」と唸り考えていたが、やっと口を開いた。

「三、四年前の話だ。偶然とあるクラブのホステスと知り合い、意気投合してお決まりのコース。恥ずかしい話だが俺は糖尿病で、あっちのほうが勃たなかった。若い女の力でもだめだった。後日、橋田紀子が入社し、あの時のホステスと知り驚いた。学生アルバイトだったんだな。俺は入社前とはいえ現役社員とベッドを共にしたことを知られたくなかったし。彼女もそうだった。共通の秘密を持ったわけだ」

　藤也の心は複雑だった。藤也は目を伏せて聞いた。

「失礼ですが、転属の話はその事と関係がありますか」

「ないよ。それは君の力だ。本来なら人事異動は人事課が担当するのだが、君に限ってはどうしても近くにいてほしかった。まだ、内定の段階で人事課に了解を取り付けたところだった。君を失っては会社の損失が大きい。話を元に戻すが君の子供の親は断じて俺ではない。しかし、家出とは。僕も噂を聞いてうすうすは知っている。君はそれでも橋田君に帰ってきてほしいと？」

「ええ、子供のために」

　部長は腕組を解くと、「新宿駅近くの〈町子の家〉に行くと何かわかるかも知れない」と、最後に言った。


「新宿の〈町子の家〉というクラブを知っているか？」と中村に聞いた。

「知らないが、それがどうした？」案の定だ。一人では行きにくく事情を話すと乗ってきた。

「花田さんを誘おう」と言う。魂胆が見え見えである。もちろん藤也には異存がなかった。

知子には中村が声をかけた。

三人は新宿駅で落ち合った。

知子はおしゃれをして目を輝かせていている。

「迷惑でなかった？　たまに三人で飲むのもいいかなと思って」

平静を装い、苦しい言い訳をした。

藤也は知子に好意を抱いているが立場上それを見せられない。あくまでも、知子に思いを寄せているそぶりの中村を、盾にした。

前になり後なりながら歩く知子と目が合い、思わず微笑み、目的を忘れそうになった。目的を思い出し気持ちを引き締める。

藤也が事前に下調べをしてきたので簡単に店は見つかった。

〈町子の家〉は地階にあった。ドアを開ける。薄暗く、こじんまりとした店だった。入って左にカウンターがあり右にはテーブルが五つ。観葉植物が目隠しにうまく使われている。

「いらっしゃい」

年のころ二十代前半と思われるホステスが迎えてくれた。化粧はナチュラルで服装もはではでしさがなく、若さと知性が売りの店のようだ。

　藤也はさりげなくあたりを見回してみた。奥にドアが二つあり片方がトイレ、もう片方が事務室のようだ。室内装飾はさりげなく、テーブル、椅子、すべてのインテリアに高級感を感じた。趣味のいいオーナーなのだろう。テーブル二つとカウンターには客がいて、カウンターの前のスツールに座る男は、手を動かしているバーテンと話をしている。渡されたお手拭きを使いながらメニューに目を通した。ビール、ウイスキー、カクテルつまみをいくつか頼んで、よもやま話をする。中村が知子に話を振った。

「田舎は何処？」中村の問いに素直に知子が答える。藤也も興味のある話である。

「群馬です」

「東京には大学入学で？　じゃ、アパートかなんかに一人暮らしだったりして」

「花田さん、無理に答えなくていいんだよ。中村、変な気をおこすんじゃないぞ」藤也は自分の気持ちを押し殺し話に入った。

「大丈夫です。危ないと思ったらいつも適当にあしらいますから」

　と知子が笑いながら答える。

「花田さんは意外と大人なんだな」と藤也が感心する。藤也の目が笑っている。中村はめげずに話を続けた。

「俺は大学は東京だけど、埼玉浦和が実家なんだ」

「今、実家からですか」

「いや、東京。浦和は都会だよ、小田の実家と違って」

「田舎っぺと言いたいんだろ中村は。僕の実家は確かに田舎だけど、平和と自然が売りの故郷は好きだよ」

「俺は変な意味で言ったんじゃないよ。いいところだと思っているんだ。誤解しないでくれ」

「私の家も相当田舎で、農家なの」

「どんな作物を作っているの」と、藤也が興味を示した。

「桃農家です」

「桃？　卒業して家に帰らなくてよかったの？　実家も人手が欲しかったんじゃない？」藤也は農家と聞いてがぜん興味を持った。共通点があることが嬉しかった。

知子は一瞬真顔になり言葉が出なかったが、問いかける藤也の目に言葉を続けた。

何か事情がありそうだと思ったが、聞くことが躊躇われた。

「姉が婿を取り、跡を継いだから大丈夫なんです」

中村は話の主導が取れなくなり、二人の会話に割って入った。

「花田さんは休みの日、何をしてるの？　趣味は？」

ホステスがやってきた。

藤也はさり気なく立ち、少し席を離れて写真を見せホステスに小声で話しかける。

中村と知子が話を中断し、こちらを見ていることに気づいたが、構わず話を続けた。

「歳は二十代半ばで大学時代からこちらにお勤めをされているんじゃないかと思われる人なんです。事情があって詳しくは話せないんですが、この女性お勤めしていらっしゃいますか」

「さあ、お名前は？　源氏名です」

表情から警戒感が伝わってくる。

「源氏名は知りません」

「私、常時いるわけじゃないから。私のいる曜日にはいらっしゃらないですね。それにもし、いらっしゃるとしても個人情報はお教えできません」

「誰かに尋ねる事は出来ない？　家に帰らないので彼女の家族が困っているんです。お願いです。ママに聞いてくれませんか」

ホステスは援軍を求め客の応対をしている同僚に助けを求めようとしたが、話に夢中でこちらを見ようとしない。

藤也は引き下がらなかった。写真を押し付け席に戻る。ホステスは仕方なく事務室に引っ込みドアを閉めた。スタッフ・オンリーと表示されていた。

まもなく風格のあるママらしき女性が姿を見せ、藤也達の席にやってきた。

「いらっしゃいませ。ようこそおいでくださいました。どうぞこれからも御贔屓に。ところで、マリアから聞きましたけど」と言い、先程の写真を取り出し、藤也に返しながら、「お尋ねの子はあいにくここにはおりません」

にこやかにふるまうママの表情にごまかしをみつけられなかった。お礼を言い、藤也は引き下がった。

ママがドアの中に姿を消すと、中村がどうする？と、目顔で尋ねた。

「こういうところは一度ではだめなんだ。信用されるまで通うほかないな」と、藤也は営業のノウハウを思い出して答えた。

事情を知らない知子は二人を見比べていたが、突然、「そうか」と言い言葉を続けた。

「なんだか変だと思ったんです。あの写真、もしかしたら紀子さんの？　いなくなって探しているんですね」

藤也は観念して、真実を伝えた。知子の顔が曇る。

「健ちゃんは大丈夫なんですか」

「義母は喜んで預かってくれている。しばらく様子を見て、後の事を考えようと思っているんだ。仕事は辞めることになりそうだ」

「係長、そんな悲しいこと言わないでください。みんな係長を頼りにしているんですから」

知子はショックだった。自分の気持ちを伝えることができないもどかしさを感じていた。

「そのうちになれるさ。君の頑張りはみんなも認めるところだ。会社の事、これからもよろしく頼むよ」

そんな言葉は今の状況にあって知子には嬉しくなかった。できればやめるという言葉を撤回してほしかった。

中村が立ち上がった。

「ここを出て飲みなおそう」

三人は席を立ち、中村は出口に向かい、支払いを済ませる藤也の傍らに知子が立っていた。藤也が振り返りざま二人の手が触れた。知子は慌てて手を引こうとしたが、藤也に手を握られた。一瞬の事だった。温かい手の藤也を見ると平然とした顔をしていた。手はすぐに離された。驚きと喜びが知子の心を支配する。

帰りの電車の中ではひとりでに顔が緩み、知子は握られた手を見つめた。幸せだった。


藤也は数日後、再び一人で行ってみたが成果は得られなかった。


雨の続く夜だった。

三度〈町子の家〉に来ていた。店は閑散としていた。

「今夜は一人で?」と、ママが迎えてくれた。

「ええ」と頷くと、「最初に一緒にいらした方、お友達を連れてまた来てくれたんですよ」と言った。中村の事だ。

「きっと、落ち着ける場所なんですよ」

「そう言ってくれると嬉しいけど、そうじゃないでしょ」と、意味ありげに流し目をする。

笑いながら藤也はカウンターの席に着き、渡されたおしぼりで手を拭きながら酒を注文しようとすると、「いつもの銘柄のウイスキーでいいかしら」と、ママが言った。藤也の驚いた顔に満足げな笑みを見せ、離れていった。

バーテンダーから出されたウイスキーを飲んでいると、ママが隣のスツールに腰を掛けた。さわやかな香水の香りがした。

「この間の写真の子、源氏名は夕子と言うの」と言い、続けた。

「大学生だったわ。二年と言ったかしら。まだ二十になったばかりで初々しい感じがしたわ。ホステスの一人に連れられて来たの。この商売が肌に合ったのね。大学を出て、会社勤めをするようになっても辞めないで来てくれたのよ。店では人気もあったしね。ずっと勤めてくれるかと思っていたら『結婚します。お世話になりましたが辞めさせていただきます』って言うじゃない。しかも上司の人と。嬉しそうだった。もしかしてあなただったんじゃない。結婚式にご招待いただいたんだけど、ご辞退したの。なぜだかわかるわよね」

「ええ、僕です。来ていただけなくて残念でした」

「嘘でも嬉しいわ。そう言っていただけて。みんなでお祝いをして送り出したのよ」

ママはそこで一息つき、その後暑中見舞いや年賀状は届いたけど会うことはなかったわ。どれくらい前だったかしら。急に現れて『離婚したからどこか働かせてくれるところはないか』って。『子供は？』って聞くと、『実家に預けている』と言うものだから驚いたわよ。離婚するって本当なの？」

「役所には離婚届を提出していません」

ママは頷き、

「理由を聞いたけど言わないし、この世界では何があってもおかしくないから、それ以上深く聞かず、恵比寿の同業の友達の店を紹介してあげたの」

そう言うとママは事務所に入り、一枚の名刺を差し出した。友達の店の名刺だった。


藤也はほっとして店を出ると中村に報告の電話を入れた。


係長が出社できるようになった。知子は以前より課内で係長といる時間が長くなったような気がした。

以前は忙し過ぎて昼食に誘われるような時間はなかったが、山科が係長業を手伝い、代理をするようになると何人かを誘って近くの飲食店で食事をすることがあった。係長は言葉少なく、目が合うと笑みを見せた。

知子はがぜんやる気が出て、自分で進んで仕事をし、工夫も凝らした。コピーを頼まれると、以前はコピーだけをしていたが、最近はコピー前に一読し、誤字、脱字を発見し訂正をさりげなく勧めたり、内容を一読することによって会社の内情にも目が行くようになり、前もって得られた情報により、頼まれなくても自分の仕事だと思える事は、前もって準備を行い、より正確に仕事が出来るようになった。それにより、周りからの信頼が得られ、より広く、より深く仕事にたずさわることができるようになった。

仕事が面白く楽しく、充実した毎日だった。

「がんばっているね」

係長のその一言も彼女のエンジンに火をつけた。

目が輝いている。

藤也はそんな知子を見るのが嬉しかった。

〈町子の家〉で教わった恵比寿のバー〈止まり木〉は駅から比較的近い所にあった。広さは〈町子の家〉とさほど変わらなかった。

若い男女の先客がいた。恵比寿に近い会社の社員の二次会だろうか、賑やかだ。

カウンターに席を取り、ウイスキーの水割りとつまみを頼んでいると、ママらしき人から声がかかった。

「もしかして、〈町子の家〉のママから紹介された人かしら。話は聞いています。せっかく来てくれたのにあの子、姿を見せないの」と、顔を曇らせた。

「こちらでも夕子という名前で？」

「ええ、そうよ」

「姿を見せないって、無断欠勤？」

「そうなるかしらね。修ちゃんあなた、何か聞いている？」

バーテンに声をかける。

「いいえ。あまり世間話をする子ではなかったんで」

バーの中は薄暗く、俯いた顔のバーテンの表情が読めなかった。

「無断欠勤の多い子でしたか？」勤めだして間がない事を承知で聞いてみる。

「結構まじめな子でね。紹介を受け、いい子を紹介してもらったと喜んでいるの。比較的長くこの世界にいるだけあって、呑み込みが早いし、客あしらいも申し分ないしね」

「どこに住んでいるかわかりませんか」

「どういう事情があったのか、家を飛び出したと言っていたわ。住所を教えるわけにはいかないの。たとえ〈町子の家〉のママの紹介でもね。あ、ちょっと待ってね」

そう言うとママは奥に引っ込み、しばらくして姿を現した。

「電話が通じないの」と言う。

藤也は紀子が誰かと連絡を取り合っているのではないかと思った。〈町子の家〉の関係者？　多分そうに違いない。〈町子の家〉の誰かに紹介されて勤めだしたとママが言っていた。藤也はあれこれ〈止まり木〉からの帰り道で考えていた。

『手紙、はがき、それともネット？』

藤也は自宅に戻り調べることにした。

鍵を開け、電気を点けた。パスワードを何回か見ていたのでパソコンを起動させ調べたが、メールのやり取りの中に該当するものはなかった。手紙やはがき類にも手掛かりになるものがない。紀子の実家にも問い合わせてみようかとも思ったが、紀子が果たしてクラブ勤めを家族に話したかどうか怪しい。

藤也は翌日、〈町子の家〉に行き、ウイスキーを飲みながら客の途絶えるのを待った。閉店間際になりママが近づいてきた。

紹介の礼を言い、小声で経過を話し、紀子を〈町子の家〉に紹介した人を聞く。

ママはしばらく藤也の顔を眺めていたが、大きく息を吐いた。紀子の意に沿わないことをすることに抵抗があるのだろう。

「いるわよ。彼女、今、静岡なの。結婚しているの。多分旦那はクラブ勤めしていたことなんて知らないと思うわ。一般の人には偏見があるの。そういう女にはね。慎重にやらないと家庭を壊すことになりかねないわ」そう言いながらママは住所と電話番号を教えてくれた。

藤也は予定通り会社を辞めるつもりでいたが、部長に請われて週一日、二日、終日で、時には半日会社に行くことになった。

仕事は一度退職の形を取り、嘱託社員になった。退職金はさほど多くはなかったが、先を見込んで農協に定期で預けた。先々必要になった時に借り入れるための資金だ。会社の株は入職した時から買っていたが、そのまま保持することに決めていた。農業が軌道に乗るまでは会社から振り込まれていた預貯金で賄うつもりである。

配属先は予定通り輸出入関連の部署になった。主な仕事は情報収集。

元の部署から週内の飲み会に誘われた。お別れ会だという。

「小田さん、お久しぶりです」

会社に近い線路下の店が飲み会の会場である。店の名前は〈おいでませ〉縄のれんをくぐり店に入った。

「お忙しいんですね。前はよく来てくれたのに」

懇意の店員が言う。カウンターの中では手ぬぐい鉢巻きでオーナーが忙しく立ち働いていた。ここの店は人気店で、いつもお客でいっぱいだ。

予約席に通された。

すでにスタッフがそろっていた。普段は一人、二人欠席するものがいたのだが、本日は全員出席だった。課長の隣の主賓席に招かれる。

店の騒音や頭の上を通過する電車の音で話し声がかき消される中、課長の挨拶があり、後任の山科係長が乾杯の音頭を取った。

酒が入り、座が賑やかになった。少し酒と料理が胃に入ると、課員がそれぞれ酒を注ぎに来る。それぞれに苦楽を共にした同志であった。酒が入り涙もろいものは泣き、饒舌なものは藤也のいない課を憂えた。入職から今までの思い出が蘇る。先輩には育てられ、後輩に教え復習した。誰にも長所があり短所があった。それが個性だった。

全員の個性が一つになると大きな力となった。藤也は今までの職場が好きだった。

課長はあまり話さず、いつものように笑顔を絶やさない。怒ることがあるのだろうかと思ったこともある。それが、課長の個性。メンバーは課長に見守られ安心して仕事ができた。

課長にビールを注ぎながら藤也は思わず目に涙を浮かべてしまった。きっと酒のせいだろう。見ると課長も涙を浮かべていた。

注ぎ、注がれしているうちに終わりの時間が近づき、藤也の挨拶となった。葬儀のお礼、世話になったお礼、今後の課に期待をしていることを話した。席を回り、一人一人名前を呼び、握手、あるいはハグして別れを告げた。

お開きになった。

藤也は二次会の誘いを断り、帰途に就いた。俯き気味に歩いていると、どこからともなく知子が現れた。私服の知子に女を感じた。今までの思いが酒の力で一気に現れそうだ。頭に警報が鳴っている。無視すれば危険な夜になりそうだった。

意識して声を出した。そっけないくらいに。

「一緒に歩いていいですか」と知子が言う。

「少しなら大丈夫だよ。でも、成田線は本数が少なく東京と違って終電が早いからね」と、知子だけではなく自分にも釘を刺す。今夜は飲み会のため電車で出勤していた。


駅から離れた喫茶店に入る。

「係長さえよければアパートに来ていただいてもいいんですけど」

「君は自分が言ってることを自覚してるの。一人暮らしなんだよ。それに若い」

「係長とは六つしか離れていません」

「僕は既婚者だ。それがどういうことか自覚している?」

「充分に。明日はお休みです。係長ならおいでになっても構いません」

「僕は構うよ。自分に自信がないんだ。君のアパートに行けば自分を抑制できない」

「係長は堅いと言われませんか」

「君は男性経験があるようには到底見えない。僕は責任が取れない。君に魅力を感じて一線を越えてもね」

知子は笑って話を転じた。藤也は、ほっとすると同時に残念な気もした。

「あれから進展はあったんですか」

「僕は紀子がどうして不可解な行動をするのかわからない。紀子を知る人が静岡に住んでいるという話を聞いた。近々出かけるつもりだ」

「私も連れて行ってください」

「ありがたいが相手もいることだし、話が話だから単独行動のほうがいいだろう」

知子は頷いたが、がっかりしてため息をついた。


外が白み始めた。陽子はもう起きだして畑に行っていた。野菜の収穫と出荷のためだ。トマト、きゅうり、ネギ、ゴーヤ、みょうが、枝豆、きぬさや、種類は多いが一つ一つの量は少ない。夏野菜、特にきゅうりは成長が早く、アッという間に巨大になり販売に向かなくなる。この時期は、草の成長も早く、抜いてもすぐに生えてくる。まるで鼬ごっこだ。

販売場所はJA、スーパー、それから個人。新鮮なうちが勝負だ。現金収入があるのは有難い。

陽子は自分で小型トラックを運転し、出かけて行く。高齢者になれば免許返納を促されるが、その年齢まではいくらか間があった。

地植えの野菜はうまい。香りも違う。旬の物だからかもしれない。農家であることに感謝する。

藤也は田畑の仕事をするようになってから早起きになった。朝のさわやかな空気を胸いっぱいに吸い、見回りをする。今はまだ兼業だがゆくゆくは専業農家を目指している。

田は稲刈りの少し前まで水位調節の管理が必要だ。畔の草は放置すると刈りにくく、抜いても質が悪いものは翌年も生えるという。

〈教えられたことは忠実に〉が今の藤也のモットーだ。

「おはようございます。今日は天気が良く、熱くなりそうですね」

近所の農家の人と挨拶をする。ついでに農作業の教授を受けること度々。

早朝は犬の散歩の人達ともよく出会う。秋田犬、ダックスフンド、ハスキー犬、雑種、様々な人や犬と出会いがある。

時間がゆったりと流れていく。

息子の健の事は一日も忘れたことがない。藤也は自分の子ではないと紀子に言われたが、いまだに信じられない。

抱いた時の感触、百面相の顔、小さな手足、うんち・おしっこを知らせ、乳を欲しがり泣き叫ぶ健。橋田の家でどうしているだろうか。

『紀子が家出中なら引き取るべきだ』と心が言う。しかし、実家に連れ帰る事がいいのだろうか。頼めば陽子は無理をしてでも引き受け世話をするだろう。藤也が会社勤めのうちは紀子の家のほうが健にはいいに違いない。

『橋田の家に行こう。これまでの経過報告と一日も早く健の顔が見たい』健はもしかしたら他人の子かもしれないと思いながらもまだ確信はなかった。

電話をすると、いつものように早苗が出た。

「伺っていいですか」と尋ねると「大歓迎よ」と返事が返ってきた。

夕食を済ませセダンに乗る。二十三区から外れた橋田家周辺は車の通りが少なく静かだ。

ブザーを押すと早苗が顔を出した。誠は帰っていたが実はコンパで不在だと言う。幸いなことに健が起きていた。早苗に断り健を抱く。ずっしり重くなっていた。驚いたように大きな目をして抱かれていた。乳の匂いがする。シッカロールの匂いも。優しい匂いだ。

健は今、藤也の拠り所となっている。紀子の相手の男が健に相応しいか確かめるまでは手放せないと思う。しかし、ふさわしい男であっても健と断ち切られることはつらい。藤也は健が生まれて以降、成長を楽しみにしていた。歯が生えてきて、ハイハイをして、歩き始める。幼稚園児になった健。小学生となった健。バスケットを教え一緒にプレーする、それを見ることができず、藤也が本当の父親でない場合、すべて泡となる。苦い思いが頭をよぎる。

早苗が呼んだ。

「藤也さん、夕食は?」「済ませました」と答えると「夕食を多めに作ってしまったの。残念だわ」と、言い台所に引っ込んだ。

健を寝かせ食堂に行くと、誠はビールを飲んでいた。藤也を見て笑顔になった。元気がない。藤也はそんな誠を見るのが辛かった。

コーヒーを入れてくれた。

橋田家の夕食のおかずは〈とんかつ〉だった。多く作りすぎた時には翌日カレーやサンドイッチに使うという。

ふと見ると窓のそばに朝顔の鉢植えが置かれていた。朝顔市で買ったものだった。つぼみが幾つかついている。

早苗は花が好きだ。何かの本に書いてあったか新聞に掲載されていたのか覚えはないが、女性は心が壊れそうになった時、ルーチンワークに精を出すことにより心のコントロールを図るのだという。花もその一つかもしれない。

『父が倒れて以来、いつの間にか、関係者の平安が壊れてしまった。みんな苦しんでいるんだ。紀子も含めて』そう藤也は思った。

「藤也君」

誠の言葉に顔を上げると、何か問いたげに藤也を見ていた。紀子の話をすると義父母は傷つくに違いないが、自分の立場に置いてみると、知りたいことを知らされず、真実を告げられないほうが傷つくだろうと考え、事の経過を正直に話す決心をした。

「話題が微妙な問題を含み、電話で話すには適していないように思えましたのでお伺いしました。もちろん健に会いたいという気持ちもありましたし」

誠は頷き、誠の傍らに座った早苗は、藤也の顔を見て一言も聞き漏らすまいとしていた。

「先日、僕は家業を継ぐため退職願いを提出しました。しかし、引き留められて断り切れず、嘱託として週一、二回働く事になりました。話の流れの中で紀子の事に触れました。新宿のクラブ〈町子の家〉に行ってみたらと教えてくれた人がいました」

「クラブっていうとお酒を飲ませるところでしょう」早苗は眉根に皺を寄せ疑問を投げかける。

「何か俺達の知らない事情があるんだろ。先を続けてくれないか」

誠は視線をテーブルに落とし、先を促した。

「現時点では〈町子の家〉にはいませんでした」

「現時点では？　過去にそこで働いていたと？　とんでもないことだわ」早苗が憤慨したように言った。

「どういう事情があったのか、誰かの紹介で大学二年の秋頃から働いていたそうです。その頃、紀子に何か変わったことがありませんでしたか」早苗が落ち着くのを待ち、二人の顔を見比べ事情を聞いた。

早苗は顎を指で支え、首を傾げ考えていたが、思い出したのか話を始めた。誠はそんな早苗をじっとみていた。

「そういえば、大学二年の夏休み、演劇部の夏合宿が静岡であったの。帰ってきた時、げっそりした顔をしていたんで何かあったのって聞きました。話さないので、何度も聞き出そうとしたんですけど『何もなかった』の一点張り。それから後の夏休み中、家に引きこもってばかりでした。大学が始まる直前になって、家を出て大学の近くのアパートに住みたいと言ったの。アパートはアルバイトをして費用を賄うからと言って後に引かなかったのよ。それでお父さんに相談したら『二十になったんだから大丈夫だろう。なんかあれば帰ってくればいいんだし』と言うので外に出したんです」

「親しくしていた友達はいませんでしたか」

「同じ演劇部に美人で利発そうな広田かえでさんという方がいて、つきあっていました。家にも何度かおいでになったことがありましたよね？　お父さん」

藤也は〈町子の家〉のママから手渡された紹介者の名前と一致することに気が付いた。姓は違うが、女性は結婚すると姓が変わることが多い。多分結婚したのだろう。

「〈町子の家〉での勤めは僕と結婚するまで続いていたようです。僕は紀子に今更、どうこう言うつもりはありません。紀子はここを出る前に〈町子の家〉のママに会い、恵比寿の〈止まり木〉というバーを紹介され勤めているようです。僕が行った日は欠勤していました。どうも避けられているようです。町子の家のママに広田さんの連絡先を聞きましたので、今度の休みに静岡に行って会ってこようと思います。今度の件の裏事情がわかるような気がしますので」

「迷惑ばかり……。本当に申し訳ないわ。お父さん、紀子探しの費用がいろいろかかりそうだから、こちらで負担させてもらいましょう」

「そうだな。すまんな、藤也君」

肩を落とし誠が言った。藤也は思いもしない事態に遭遇し、成人してまで子供の心配をしなければならない義父母を見て痛々しく思った。健の養育費も出してもらっているのに負担はかけられない。

「費用のことはご心配いりません。健を預かっていただいて本当に感謝をしていま す。差し支えなければ、近いうちに健を茨城の実家に連れ帰ろうかとも考えていますがいかがでしょうか」

誠と早苗ははっとしたように顔を見合わせ、

「健が家にいても負担は感じません。むしろ私達の癒しにもなっているんです。それに、今はまだ、ご実家のお母さんは大変でしょうし、藤也さんもお仕事があるでしょう。私達は大丈夫だからしばらく預かりますよ」

藤也は頭を下げ申し出を受けた。直接手渡しでは受け取らないであろうと予測して、養育費は手土産と一緒の紙の袋に入れてきた。


季節は七月になっていた。職場では夏休みを交代で取り始めていた。このところ藤也はマンションに帰らず、陽子の力になりたいと実家から会社に通っていた。

すがすがしい空気の中、青々と成長した苗が風に揺れ、なんとも穏やかな風景だ。つなぎの農作業服を脱ぎ、シャワーを浴びた。通勤着に着替え朝食をとる。陽子が採れたての野菜で作った朝食は、漬物と味噌も自家製だ。取手駅前の月極駐車場に車を止める。空席の多いＪＲ常磐線の電車に乗り、新聞を開き一読する。日暮里駅で山手線に乗り換え会社の最寄駅に到着。山手線の寿司詰め状態は避けられた。

出社まで駅前でコーヒーを飲む時間の余裕は十分にあった。

配属部署に行くと、すでにパソコンを立ち上げている社員がいた。

国の輸入が輸出を大きく上回り、国は輸出拡大に力を入れ、農業部門の輸出にも力を入れているせいか、それを受けて社員の熱気が伝わってくる。

帰り、廊下で知子に出会う。静岡に連れていかれないので夕食に誘う。今日は中村抜きの誘い。中村が後で知ったらなんと言うだろう。

会社から三駅ほど離れたフレンチレストランに行った。知子はもっとおしゃれをしてくるんだったと通勤着を気にしている。

席に案内されメニューを見る知子の目が大きくなった。

知子は外観、インテリアで高そうな店だと思った通り、メニューを見ると予想以上に値段が高い。知子達が普段、仲間と利用する店とは格が違う。

静かなＢＧＭが流れる中、なじみのないメニューに戸惑っていると、藤也は知子の好みを聞くと、近づいてきたウエイトレスに料理のオーダーをしてくれた。

料理が運ばれてきた。

「大丈夫だよ。普通に食べればいい。フォークやナイフが苦手ならお箸を頼んでもいいんだからね」と、言ってくれた。

周りの人を見るとお箸で食べている高齢の人もいる。安心した知子は食事を楽しむ。表立っては係長と呼んでいるが、心の中ではいつからか藤也さんと呼んでいる。何よりも藤也と一緒にいることが嬉しい。藤也も知子に合わせて箸で食べた。指の形がよく、きれいな箸使い。向かい合わせで二人きり。目が合うと笑みを浮かべる藤也に心が躍る。話が弾んだ。話題は多岐にわたり瞬く間に時間が過ぎた。時間がこのまま止まってくれることを知子は願った。同様の気持ちで藤也がいることを知子は知らない。

藤也は翌日、静岡に電話をしてアポイントを取った。やはり〈広田かえで〉は結婚をして〈石田かえで〉になっていた。

「小田紀子、旧姓、橋田紀子の夫ですが……」と言うと妙な間があった。

「どなたに私のことをお聞きになりました?」と、聞かれ、別に話をして支障がなさそうに思えたので〈町子の家〉のママからだと答えた。

「ぜひ、妻のことでお話を伺いたいのですが」と言うと、「私は特に予定がありませんので何時でもお会いできます」と言う。実家からの時間を考えて「土曜日の三時過ぎはどうでしょうか」と話すと了解が得られた。

かえでは浜松に住んでいた。夫は不動産業をしており土曜日はかきいれ時で留守、一緒に住んでいる義母は認知症が進んでいるので自宅で会うほうがいいのだという。

東京駅で手土産を買い新幹線に乗り、浜松駅前からはタクシーを使った。

大きな日本家屋の前で降り立った。門には瓦屋根があり、整枝された松の梢が外から見えた。門につけられたインターフォンのボタンを押すと返事があり、しばらくすると紀子と同年代の女性が出てきた。

紀子と同じくらいの背格好、ボブの髪、知性の感じられる瓜実顔に薄化粧をしていた。水色のワンピースがよく似合っていた。

自己紹介をお互いにし、藤也は急にもかかわらず快く会ってくれたことに感謝の意を述べた。

「初めまして」と言うと「お会いしたのは二度目ですよね」と言い笑っている。藤也が戸惑っていると「結婚式の時にお会いしていますよ」と言う。詫びると「大勢の出席者の一人でしたから覚えていませんよね」と笑顔が返ってきた。

案内され玄関から居間に導かれた。

掃除が行き届き、床が鏡のようだ。藤也の実家と敷地の大きさは同程度のようだが、こちらは手入れが行き届き、見事な庭だ。

かえでが断って席をたった。

庭を見ると池には錦鯉が泳いでいる。東屋に小柄で白髪をきれいに結った老女の姿が見えた。目が合い藤也が会釈をすると怪訝そうな顔をして老女から会釈が返された。

かえでが戻ってきた。

「どなたかお客様でも。ほっておかれて大丈夫なんですか」と、視線を東屋にやり、尋ねると、「義母なんです。ああして毎日庭を散歩をしています。外に出なければ大丈夫なんです」と言うと、回廊に出て老女に手を振った。

藤也は勧められるままにコーヒーに手を付け、世間話から本題に入った。

「紀子を〈町子の家〉に紹介してくださったそうですね。義母から聞きましたが演劇部でご一緒だったとか。紀子とは僕達の結婚後もお付き合いしていただいていたんでしょうか」

「電話では時々。数日前にお会いしました」

「どんな様子でしたか。連絡が取れないでいるんです」

かえでは困った様子で、言葉を選んでいたが、藤也が根気よく言葉が出るのを待っているると、

「お子さんを実家に預け、家を出てきたと言っていましたが、紀子さんはお元気そうでしたよ」

「なぜ家を出たとか、何処に住んでいるか聞いてらっしゃらないですか」

「ええ、それは……」と言ったが、それっきり黙ってしまった。藤也は違う角度から聞いてみることにした。

「先日義母が気になることを言ったんです。確か大学の演劇部でご一緒し、二年の夏には合宿されたとか。その後、紀子の様子がおかしくなったと聞きました。家を出てアパートを借りたり、あなたのご紹介で〈町子の家〉でお勤めしたり。これは、ママや義母から聞いた話を僕なりに総合しての話なんです。

義母は紀子が〈町子の家〉で働いていたことを知りませんでした。聞いてどうこうするわけではないんです。僕に紀子から何の説明もなく離婚届が送られてきて、何が何だかわからず、他人の推測の話ではなく真実を知りたくてあちこち尋ね歩いているんです。息子の健は今、親がふがいないばかりに義父母に預かってもらっています。

理不尽な状況を一日でも早く抜け出してやりたいと思っています。紀子が家を出たことで橋田家、小田家の多くの人達に負担をかけているんです」

「申し訳ありません。私はあなたや紀子さんだけに視点を注いでいました。早い解決が必要なんですね。実は小田さんからご連絡をいただく前、〈町子の家〉のママから連絡をいただいたんです。『紀子さんのご主人が夕子を探している。あなたのことを教えたから、きっと連絡があるだろう。そちらに行ったら話の内容によってあなたの判断で答えて』と、言われました。私にはどうしていいかわかりません。少しお時間をいただけませんか。紀子は傍目にどう映ってるかわかりませんが、相当、葛藤があったと思うのです。ご主人には大学二年生の合宿前の紀子に会っていただきたかった。本当にやさしくて明るく、素直ないい子だったんですよ。でも……」

かえでは言いかけて、はっとしたように口を閉じてしまった。

藤也はここに核がある事を感じた。

「いつまで、静岡に？」

思い出したようにかえでが言った。

「すぐに帰ります。紀子が無事でいることがわかっただけでも今回の成果があったと言えるでしょう。今後も紀子と会うことがあれば伝えてくれませんか。納得できないと離婚に応じられないと。それから健がお義母さんのお世話が行き届いていて少し大きくなった事、僕が会社で嘱託という位置で働き、今は農業と二束の草鞋を履いている事などを伝えていただければ嬉しいです」

「承知致しました」

「ご迷惑でしょうが事の真相を教えてくださる決心がつきましたらご連絡いただけませんか。それを知ることが解決の糸口になるような気がするんです。逃げ回っていては一時的に心の痛みを紛らわせることになるでしょうが、先に痛みが残るような気がします」

藤也は名刺を渡し、石田家を辞した。かえでは藤也が見えなくなるまで見送っていた。

「今夜、空いているか」

三郎叔父から藤也に電話があった。用件を聞くと、九月議会の一般質問の草稿を練るため、後援者との集まりの誘いだという。

「行ってもいいけど、僕の知っている人も来るの?」

「二、三人はいるんじゃねえの。七時に始まるから早めに来てくれ。遅刻はなしだぞ」

日頃、世話になっている三郎叔父の要請とあれば断ることもできない。夕ご飯を済ませ、近くに住む叔父の家に出かけた。庭に作られた事務所に向かう。生垣の中の庭に車が五台駐車されていた。小型トラックと妻の使う軽自動車、それにセダンの計三台の車は叔父の家の車だ。

叔父の妻・晴美が出てきたので挨拶をする。

「来てくれたの、悪いわね。うちの人、藤也君を引き込みたくて機会を窺っていたみたいよ」

笑いながら言う晴美は叔父同様に元気が良い。姉さん被りに絣のモンペ、上には柄物の割烹着をつけている。化粧なしのいつも似たような服を着ていた。歳相応の皺と毎日の農作業で日焼けしている。

サッシの戸を開けると八畳程の広さの真ん中にテーブルが一つ。その周りには折りたたみ椅子が押し広げられている。テーブル上の真ん中には氷入りの麦茶の容器とお盆の上にグラス一〇個程。ビールとお茶菓子、おつまみも少々。

叔父の席は空席だった。

七十代と思われる六人の男達が賑やかに話していたが、藤也の顔を見ると笑顔になり「進さんちの藤也じゃねえか」と言った。藤也には誰が誰だか見当がつかない。

叔父が入ってきた。

「こいつは知っているかもしれねえけど、この間亡くなった兄貴の子だ」と、紹介してくれた。

「存じ上げなくてすみません。その節はお世話になりました」

「大変だったねえ」

「まだ若かったのに惜しい人を亡くしてしまって、町にとっても損失だ」

「有名大学に入って商社勤務をしているんだって」と、口々に話しかけられる。

「今、農業の見習いをしているところで、知らないことばかりです。ご指導よろしくお願いします」と、頭を下げた。

「まあまあ、それくらいにして本題に入ろう」司会役らしき人が声をかけた。その隣の人が麦茶を一人一人に出そうとする。藤也はそれを引き取り、給仕役を引き受けた。

「まず、いつものように前議会の反省から」司会役が時計回りにそれぞれに意見を聞く。叔父の一般質問の反省から始まり、九月議会の質問内容の検討に入る。

「町の過疎化脱出のために目標を立てたが進行状況を聞いたらどうだろう」

「どうも計画を立てただけで満足しているように思える。具体的な動きがどうなっているのか聞いてみよう」

「町民の協力を得たいと思っているが、区長会との話が重要だと思う。区長は末端の意見を吸い上げるのに適している。会議内容を検討して、住民の意見の反映を図る形の話し合いが必要だ。町民、議会、行政の足並みが揃わないと過疎化脱却は難しい。その辺をついてみたらどうだろうか」等々、過疎化脱却の話を中心に意見が活発にだされ、町のうわさ話や体験談も入った。

藤也は会社一辺倒で町の動きがよくわからなかった。ただ聞くばかりの会議ではあったが、今後故郷での生活する上で役立つ集まりだった。

時間は瞬く間に過ぎ、次回を約して散会した。高齢者は熱かった。

「盆踊りの練習があるって回覧が来たんだけど」

陽子から話があった。毎年夏になると盆踊り大会が開かれる。盆踊りは地域ごとに行われるが、河川敷で行われる盆踊り大会は町民全体を対象としていた。灯篭流しや花火が打ち上げられ、出店がたくさん並ぶ。

藤也は高校生の頃までは毎年仲間と行き、屋台店をはしごし、土手の階段に座り、深い藍色の空にあがる花火に見入ったことを思い出した。

この時期は、三郎叔父にとって各町内の盆踊りに招待されて週末の夜になると忙しい時期でもあった。

「町の納涼花火大会に泊まりがけで来ない？　家は新盆だけど、それでも良ければおいでよ」

元の職場に顔を出し誘ってみた。何人かの社員が目を輝かせ、まとめて訪問者の人数を教えてくれることになった。

藤也は新盆に非常識かなとも考えたが人の集まりを喜ぶ父の供養になるのではと思い、陽子と三郎叔父に相談してみたのだった。

叔父には思惑があった。町の若者人口の増加を狙い、若者の考え方を取り入れ、時代に合った町にしたい。若者に農業を理解してもらいたい。又、町に興味を持ってもらいふるさと納税につなげられればと考えていた。陽子のほうは暗くなりがちなこの家を一時的にでも明るくしたいと思っていた。

上野駅から取手駅までは四十五分。駅までは藤也が車で迎えに行った。

中村、遥、知子も一緒だ。

知子と目が合った。知子の目が輝いている。藤也は目で挨拶をした。

「遠いと思ったら、僕の通勤時間より短いじゃないですか」駅から出てきた同僚の一人が言った。元職場の同僚はほとんどが地方出身だった。

川風を感じ、風が渡る色づき始めた田んぼの上を飛ぶ白鷺、遠くにポツンと見える筑波山、ひときわ高い一点の白いコンクリートの建物は役場。彼等は町の自然に触れ、田舎の風景を満喫していた。

風通しの良い座敷での昼寝やおやつのスイカを十分に味わい、ソーメンと天ぷら等、陽子の得意料理が並ぶ夕食に舌鼓を打ち、納涼盆踊り大会へ。浴衣、甚兵衛、TシャツにGパンと思い思いの姿で会場に赴き夜を楽しむ。

小規模ながら幻想的な灯篭流し、櫓の周りで踊る盆踊り、屋台は多く、帰省客で賑わっていた。

帰宅すると藤也の小・中・高校時代の同級生や部活仲間が待っていた。都会からの訪問者と交じり合い、三郎叔父やさくらの家族も集まって、飲み、語り、気が付けば外は白々として朝を迎えていた。

植物相手の職業は、こちらの都合に関係なく働かなければならない。藤也はいつものように作業着のつなぎに着替え、ごろ寝をしている面々を横目に田畑に出ようとしていた。

知子が身支度をして玄関先で待っていた。「私も付いていっていいですか」と、尋ねる。藤也が頷くと歩調を合わせ付いてきた。門外にはまだ、人の姿が見えない。畔道を前後に歩きながら他愛のない話をするだけで二人の心は満たされていた。

きゅうり、トマト、オクラ、枝豆、オオバ……。

朝食用の野菜を収穫し家に届けると、ついでに近所を散歩する。すれ違う人は少なく、知子はそっと藤也の温かく大きな手を握った。藤也は驚いたように目を見開き、手を握り返し笑顔になった。無言の時が流れる。二人は通じ合う心の喜びを噛みしめていた。

散歩の人が遠くに見えると手を放し、遠ざかると再び手を握りあった。手を通じての体温の交流に、二人の鼓動が早くなる。先に進めないもどかしさもあった。

下流に向かって利根川の土手を歩く。左に葉桜と化した桜並木、右手に蛇行する利根川。向こう岸の我孫子市の土手沿いの道にはまだ渋滞もなく車が流れていく。

「地元の人は県境のここを『ちばらき県』と呼ぶんだ」と、藤也が言う。役場の前には駐車場を兼ねた敷地に土俵があった。珍しいと思って藤也を見ると、

「昔から年に一度宮相撲がここで行われるんだ。小林一茶が来た時それを見て句を残している。

小林一茶にはね、この地に好きな女性がいたという話があり、足しげく通っているんだ。彼には月船という支持者がいて、一茶の世話をしていたという話も残っている。鉄道、車がない時代、銚子から船で上って江戸への物資の運搬が頻繁に行われた頃は、この辺りは商業で賑わっていたそうだ。今は見る影もないが」

町中に入る。住宅地の細い道を曲がるとお寺の急な石段があった。上って庭に出た。

「民族学者の柳田国男が幼い頃、今の兵庫県からこちらに移り住んだことがあるんだ。こちらの寺の絵馬を見て民族学を志したという話だ。当時は貧しい家庭が多くて、子供を間引きすることが珍しくなかったようだよ。柳田国男の家は兄弟が多くて、ここに住む人々を驚かせたという話も聞いている」

知子は、昔のこの地を思い描きながら散歩を楽しんでいた。もちろん知子としては散歩をしなくても藤也と二人きりでいるだけで幸せを感じていたのだが。

あちこち案内されながら新興住宅地に入った。どの家にも庭があり朝顔の花がきれいだった。知子はかなわない夢だとは知りながら愛する夫と子供に囲まれた家庭を想像した。思わず藤也の手を握り締める。藤也は優しい目をして知子の手を握り返した。

帰宅すると遥が庭に出ていた。まだ、昨日の疲れが目に残っている。二人を見ると目を輝かせ、知子に意味深な目を向けた。藤也と別れると人に見えない庭の隅に引っ張られ、「キスは？」と小声で聞いた。頭を横に振ると、呆れたように「まったく……」と言い、ため息をついた。

帰りの電車の中、遥と中村の話が弾んでいる。中村の話が面白く、遥が打つ真似をして笑っている。遥は確か中村より三歳若いはず。知子は遥と中村の性格を知る一人である。

『このカップルが結ばれるといいな』と、ふと思った。

「あなたもですか」

中年のサラリーマン風の男が一人、まだ看板に灯りのついていない開店前の〈町子の家〉の入り口に立っていた。その男がママに報告に出かけた藤也を見ると話しかけてきた。顔はそれなりに整っているが、生活に疲れたようで覇気がない。

「ええ、まあ」

戸惑って適当に返事をした。藤也が視線を外すと、その男は落ち着かなげな様子だったが、煙草をポケットから取り出して吸い話を始めた。

「私はこれで先生に話を聞いてもらうのは三回目なんです。あなたは？」

「私は……」藤也はどう答えていいのか思案していた。聞いてもらうって何だろう？

「この病気ってなかなか治らないんですよね」

この病気って何だろう？　黙って男の顔を見ていると、

「性依存症ですよ」

藤也には聞いたことのない病名だったが、何となく想像がついた。

「性の快感にとらわれると、毎夜ですよ。妻は嫌がり、外に求めるようになると金も体も持ちません。病気を装って仕事を休む。収入がなくなる。会社には退職を言い渡される。女に声をかけても成功率は少ない。犯罪まがいのことをして訴えられたこともあります。その時は罪を免れましたが。『これではいけない』と妻や子に見捨てられて気が付きました。医者に行って相談し、ここに紹介されてカウンセリングを受けることになったんですよ。酒や薬物と同じようなものなんですってね」

男は藤也を同病者と勘違いし気を許して話をしていたが、聞いている藤也は、『もしかして紀子も？』と考えると平静でいられなかった。

風を感じた。目をやると店のドアが開いて、ママが藤也に気が付くと、ちょっと待っての合図を送ると、男を中に入れ戻ってくると小一時間待てるかどうか聞いた。

「待てます」と言うと、店内に導き麦茶を出してくれた。

　カウンセリングが終わり男は去った。

「もう少しすると男の子が来るんだけど、その前に何か飲む？」と、聞いてくれたが、「今日は静岡での報告とお土産を少し。ご迷惑とは思ったんですが店が始まる前に伺いました」と言い、お土産を渡し飲み物は辞退した。

「私としてはお客で来てくれるほうが嬉しいんだけどね」と、笑いながら言い「冗談よ」と言葉を続けた。

　ママは藤也の前の椅子に腰を掛け、「さっきの男の人と何か話をした？」と聞く。

「ええ、性依存症のことについて少し」

「どう思った？」

「戸惑いだけです。そういう人は周りにいませんでしたから」

「普通に生活していて、私は性依存症ですって胸を張って言えると思う？　まあ、そういう人もいるかもしれないけれど、性病、非社会的活動、金銭トラブル、その他もろもろ、社会問題になって初めてわかるってことが多いんじゃない」

「あの、もしかして……」

「ああ、夕子のことを心配しているのね。確かにそういう傾向があったわね。こういう仕事についているとね、一般の人と違って男女の関係に巻き込まれやすいの。まして、夕子のように経験のない子が一度巻き込まれると全人生を閉ざされてしまったように思い込み、悩み、自暴自棄になって、耐えられずに繰り返すということもあるわね。私の場合もそうだった。年を取って分別が出来てくる頃には、男のほうからあまり声がかからなくなって、そういうことも少なくなったけど」

「僕は紀子が出てゆくまで彼女のそういう行動を知りませんでした。彼女を探す過程において知ったんです」

「ショックだった？」

「ええ、まあ」

「あなたの人生は、夕子が出てゆくまで順風満帆で幸せなものだったんでしょうね」

藤也はママの言葉をどう受け止めるべきかわからなかった。藤也は今日ここに来た目的を思い出し、静岡に行った事を報告し、尽力していただいたお礼を言った。

「石田さんからは紀子のいる場所や紀子の今回に至った事情をうかがうことはできませんでしたが、石田さんとお話しできたこと、紀子が無事でいる事を知っただけでも行ってよかったと思っています。今後のことはまた考えます」

「そうね、夕子が会う気にならないと事は進まないものね。でもまあ、子供を実家に預けっぱなしにはできないでしょうから、近いうちに何らかの動きがあるんじゃない。私も何かあれば連絡させてもらうわ」

慈愛に満ちたママに送られて、藤也は店を辞した。

藤也は帰途に就きながら紀子と付き合いだしてから今までの過程を思い出していた。結婚を普通の人生の過程と簡単に考えていたことの自分への思い、紀子と出会い先行きの見えない生活、生きていれば相談に応じてくれただろう進への思慕。様々な思いが交錯する。息が苦しくなり吐き気が押し寄せてきた。人込みを避け、思わず電柱に手をつき、ハンカチを口に当てた。

「大丈夫ですか。救急車を呼びましょうか」

通りすがりの老女に声をかけられた。「大丈夫です」と答えながら助けを呼べる人はいないかとスマホを取り出す。

まっ先に思い出した人物は花田知子だった。


退社時間となり、知子はロッカーに向かっていた。廊下で中村と遥が話している。最近、そのような姿を時々目にするようになった。

幸せな予感を胸に着替えを済ませ会社のビルを出た。スマホが鳴った。見ると、藤也だった。盆踊りの翌日、電話番号を互いに教えあっておいてよかったと思いながら浮き立つ気持ちで電話に出た。

いつもと電話の声が違うことに気が付いた。

「なにかあったんですか」

「今、新宿なんだ。急に気分が悪くなって君の事を思い出し、迷惑かと思ったんだがこうして電話をしてる。今どこにいる？　今日、何か予定ある？　新宿西口で待っていてもいいかな？」

知子は会社を出て新宿駅に向かっていることを告げた。

『私の事を一番に思い出したんだ』

嬉しさ半分、心配半分で新宿西口に向かった。


藤也の胸苦しさや吐き気は知子の声を聴いたとたん薄らいでいくのを感じた。知子を待った。知子の姿が見えた時にはすでに症状が治まっていた。

「悪いな。君の声を聴いたとたん気持ちが楽になって、今は何ともなくなった。無駄足をかけてしまった」

「無駄足なんて……。私、係長のお役に立てると思ったら、嬉しかったんです。もう、なんともないんだったらどこかでお食事をしませんか。食べるとまた、具合が悪くなりそうですか」

「大丈夫だよ。どこに行きたい？」

「横浜って言いたいところですけど、今日は近くで我慢します」

「いいよ。横浜でも」

「本当にいいんですか。本当に大丈夫なんですか」

知子は念押しをして嬉しそうにえくぼを見せ笑っている。なんともかわいい。到底社会人には見えない。女子大生で通りそうだ。

二人はすぐに来た電車に乗ると横浜に向かった。品川を過ぎると高層のビルが少なくなった。多摩川を渡り川崎を過ぎ横浜に着いた。

中華街に行きたいという知子の気持ちを尊重し中華街に向かう。

知子のヒールの足音と藤也の足音がリズミカルに重なる。知子がテレビで見つけたという料理店の前で足を止める。店のレイアウトが何となく日本の物より色鮮やかで凝っている。店の雰囲気も異国情緒が味わえる。

コースにするか個別に注文するか話し合い、コースは好きなものだけを味わえるわけではないと話し合い、それぞれに好きな料理を取り、分け合って食べることにした。

ジャスミンティを味わいながら、メニューに目を通す。

ふかひれスープ・八宝菜・エビチリ・餃子……。ごまだんごは知子の希望で最後にとった。

話を交えての食事となった。知子は中村と遥の事を話題にした。藤也の驚いた顔に笑顔を向け「いい感じなんですよ。お付き合いが深まって結婚されるといいんですけど」

藤也は頷きながら下を向いた。知子に今の気持ちを悟られないために。

店を出て、山下公園に向かう。途中占いの店を見つけた。

知子は占いが好きだった。当たるも八卦、当たらぬも八卦。というが、知子は当たると思っている。東日本大震災の前のお正月、毎年詣でているお寺で生まれて初めて凶を当てた。気味が悪くてもう一度引いた。二回目も凶。さらにもう一度引くと大吉になり気持ちが落ち着き帰途に就いた。そしてその年大震災が起こり、友人が交通事故で亡くなった。他の人は占いを引いてどんな結果だったのかは知らないが、それ以来、占いを信じるようになった。それまでは常識的なことを書いているが行動する前の後押しと考えていたのだが。

占いの店の中には誰もいなかった。中は商品のない駄菓子屋という雰囲気を持った店だった。気配を感じたのか普通の主婦らしき人が現れた。「どちらを占えばいいの」と聞かれ、「私です」と答えて示されて占い師の前の椅子に座った。

占って貰いたい内容は結婚と伝え聞かれるままに、生年月日を言い手相を見てもらう。

結婚は近く、生命線、頭脳線にも問題はなく、子宝にも恵まれ、幸せな一生を送れる幸運な人と言われた。

「隣の方がお相手ですか」占い師は藤也に視線を移した。

笑顔を向けて藤也は一歩後ろに下がった。

料金は藤也が払ってくれた。知子は藤也も占ってもらうことを願ったが、叶わなかった。

若い男女とすれ違いながら薄暗い中〈氷川丸〉の見えるところまで歩いた。空いたベンチの一つに並んで座り、歩行の疲れをベンチで癒す。

自然に体が寄り添う。藤也の手が腰に回され引き寄せられ、驚いて知子は思わず藤也を見上げた。胸の鼓動が早くなった。指で顎を上げられ目が閉じる。唇が触れた。知子の手が藤也の首に伸び体を引きつける。激しい口づけに変わった。唇が額、頬、鼻、耳、そして首筋へと流れる。手が知子の胸に移り揉みしだく。知子は藤也の動きに反応し体を震わせた。その知子の反応に藤也は強く抱きしめた。

「藤也さん」初めて、口にした藤也の名前。

はっ、と我に返った藤也は慌てて体を離した。

「ごめん」

知子は下を向き何も言えなかった。

帰り、二人の口数は少なく、品川駅で別れが来た。

「今夜はありがとう。また……」

満員電車の中、藤也の囁くような声を後に、知子は電車を降り、切ない気持ちで電車が見えなくなるまで見送っていた。


藤也は他部署での仕事に幾分慣れた。

収集した情報を係長にあげ、新たに指示された仕事に取り掛かる。デスクワークは単調であったが、面白くもあった。

国内外の情報の中に興味を抱かせるものも多くあり、自分のあげた情報が課員の動きを左右することに仕事の面白みを感じた。

農業従事者と輸出先の間を取り持つ役割、関係者とのコミュニケーション、駆け引きの面白さ、会社に認められ、奔走する高揚感、物事がうまくいった時の達成感。国や県との折衝もある。藤也は立場をわきまえ、自分を前面に出さず、協力することによって課員が成果を得られることに喜びを感じていた。時に藤也は、第一線で働けたらという思いが頭を掠めることがあったが、出来ないことを考えて時間を無駄にするつもりはなかった。

日本の農産物の海外輸出は東南アジアの台湾、香港。中でも台湾にはサツマイモ、レタス、長芋の、香港には大根の需要がある。

輸出には果物の輸出も多い。りんご、みかん、なし、桃、葡萄その他もろもろ。

相手国の要求に答えられる農産物の生産をどうするか、それによって輸出先の拡大も図らなければならない。藤也の役割は小さくない。

三郎叔父の顔が浮かぶ。

町の農業を輸出につなげる方策はないものだろうか。

町の基幹産業である農産物を作るためには将来を見据え、若者の農業従事者を育成しなければならない。育成し定住してくれるならば休耕田活用が可能になる。しかし、現状では定住のために会社組織にして、交代勤務で休暇を定期的に与え、給料の保証、社会保障の充実を図らなければならない。魅力ある農産物つくりには研究施設も必要となるだろう。

藤也は頭を振って雑念を追い払い、再び仕事にとりかかった。

藤也は早朝、いつものように田畑をまわった。白鷺が優雅に飛んでいる。白鷺を目にするのはいつもの風景だが、つい、足を止めて目で追ってしまう。白鷺は白鳥に似ているが体が小さい。鷺は世界に六五種日本には一六種が生息し、姿は清楚で美しいが獰猛な一面があり、動物を悉く食べて生きているという。人は見かけによらないというが白鷺も同じというわけか。

野菜も種まきの季節となった。ほうれん草、小松菜、ブロッコリー、白菜、キャベツ、ニンジン等々。

草を取り、畑を耕しPHを調整、肥料を施す。畑の準備を万端にして種を蒔く。種を蒔いて芽が出た時の喜び、水をやり草抜きをし、世話を十分にして成長を見守る。収穫の喜びはたとえようもなく嬉しいものだ。それはものづくりをしている人達の共通したものに違いないと藤也は思う。


日が短くなり朝夕が少し涼しくなった。

秋分の日が近づいてきた。近所の小学生の武君が遊びに来た。

「今度、お相撲に出るの。勝つと賞品や小遣いがもらえるんだって」

と、ニコニコ顔で話している。

藤也は子供の頃、同級生と誘い合い出場した事を思い出した。役場の駐車場の脇に今もある相撲場は、使う回数が少ないせいか一段高くなった土俵を除き普段、駐車場に使われている。

出場して勝ち、賞金をもらった時の嬉しさを忘れられない。商品は台所用品が多く、帰ると母がとても喜んでくれた。その夜の家の話題はもちろん相撲の話。父は話を聞きながら楽しそうな顔をしてゆったりと酒を飲んでいた。懐かしい思い出である。

父も出たことのある金毘羅奉納相撲は一七九五年（寛政七年）から始められ、小林一茶も一八〇八年（享和三年）に訪れ、その様子を俳句にしている。

知子はその日も通常通り出勤した。定時刻より早く出勤して遥先輩と課員の机拭きに勤しんでいた。

「先輩、最近中村さんとお付き合いするようになったんですか」と聞いてみる。

「どうして?」先輩の顔が少し赤くなった。

「最近、二人の立ち話をよくお見掛けするようになったし、そうかなと思って」

「見られていたんだ」

「だって、堂々と廊下で立ち話をしているんですもの。みんなの目に入りますよ」

「ええ、付き合っているわよ。食事にも何度か行ったし、今度、アパートに行って食事を作る約束もしたの。これは絶対みんなに内緒よ」

「ご結婚の予定はあるんですか」

「一応前提にしようということにはなっているんだけど、まだ指輪をもらっていないの」

遥は左の薬指を見せて言った。

「なんだか、最近きれいになったと思ったら、やはりね」

「私は現実的ですからね。夢を追っている誰かさんとは違いますから」

「いいんですよ、私は。白馬の王子様が現れるのを待つつもりですから」

知子は澄まして言った。

知子はその日、高揚した気分で帰宅してポストを見ると、荒木かおりからの結婚式への招待状が届いていた。

田畑から帰ると、待っていたように電話が鳴った。石田かえでからだった。陽子がいないことを確かめると、期待を込め、話を聞く。今、所用があり東京に来ているので藤也の都合がよければ会いたいと言う。願ってもないことだった。

所在を聞き、上野で会いましょうかと言うと、差し支えなければこちらに来たいと言う。それではということで取手駅に着く時間を計算し、車で迎えに行くことにした。

陽子が帰ってきた。客を取手で迎え、話がすんだら家に寄ることになるかもしれない。お世話になった方なので船橋屋さんの和菓子を買って準備をしてくれるよう話をした。

慌ててシャワーを浴びて衣類を整えると、駅まで行った。

取手止まりの電車がちょうど到着したところだった。改札口から人が出てくる。きれたところで、かえでが出てきた。襟にレースがあしらわれた白地に花模様のワンピースを着、足はサンダルで広いつばの帽子をかぶっている。その姿は青空にマッチして、まるで白鷺の精の到来かと思われるような美しさであった。

二人して笑顔になった。藤也が先日訪問のお礼を言うと、突然の訪問のお詫びと迎えのお礼の言葉が返ってきた。

藤也がロータリーに止めてある車に誘い、助手席のドアを開けると、かえでは優雅に座席に収まった。藤也が運転席に戻りシートベルトを締め、隣を見るとすでにシートベルトがしめられている。かえでは藤也の視線に合うと笑顔を見せた。

車は坂道を上り、すぐに下る。浄土宗本願寺の寺が左に見えた。藤也は道中のめぼしい観光案内をした。

「ここは、徳川家康の家臣、本多作左衛門の菩提寺です。家康が秀吉に関東への移封を命じられた時、諸事情で秀吉の怒りをかっていた作左衛門をこの地に隠したとも言われているんです。浜松城にもゆかりの場所があるのをご存じですか？」

「作左曲輪かしら。家康が合戦で負傷し足が不自由になった作左衛門のために歩きやすくしたという話を聞いたことがあります。あまり歴史は得意じゃないんですけど、誰かから聞いて、家康の家来思いに、へぇそんなことがあったんだ、と思ったことがありました」

「本多作左衛門はエピソードの多い人ですね。日本一短い手紙のこととか」

「そうですね」と答えながら左右の景色を物思いの様子で眺めているかえでに藤也はかかっていた軽音楽をさらに低くして話をやめてそっとしておいた。藤也はこれからの込み入った話を考えて、途中自販機で飲み物を買い静かな場所に案内することにした。

周りが黄色に染まった田んぼの間にある親水公園の駐車場に車を止めた。かえでは目で「ここで？」と問うた。藤也は頷くと外に出て助手席のドアを開けた。

開花の最盛期を過ぎた蓮が二人を迎えてくれた。駐車場には小型トラックが一台。人の姿が見えなかった。池の上の板張りの歩道を二人で歩く。青空を仰ぎ一面田んぼの景色を眺めながら、話のきっかけを探している二人の耳に床をたたく靴の音が聞こえた。ベンチを見つけ目で合図しあい腰を掛ける。藤也は持参したペットボトルを差し出し、礼を言いかえでは受け取って一口飲んだ。藤也もそれにならう。

「あの後、義母のデイサービスの日と紀子の休みの日が会う日を調べて紀子のアパートに出かけました。前もって用件は伝えてあったので春日さんもいてくれました」

藤也は覚悟をしていたが『やはり』という思いを隠すことができなかった。

「推察のとおりです。春日さんは私達の大学の先輩で演劇部でも一緒だった人なんです。私達より二年先輩で頼りになる人でした。目立つことを嫌い、いつも裏方に回って働いていました。学生の頃、紀子に好意を抱いていたようですが、奥手の紀子は一対一で付き合うことはしませんでした。そんな時、二年の夏合宿で事件が起きたんです。ごめんなさい。事件の事は後回しにしていい？　心を落ち着けてからゆっくりお話しさせていただきたいの」

藤也が話の続きに関心を寄せているのを見ながら、かえでは一息をついた。藤也は大きく息を吐くと眉根を開き肩の力を抜いた。思ったより緊張していたようだった。二人は見るともなく白鷺の飛ぶ田んぼの景色を眺めていたが、かえでが再び話を始めた。

「結論から話します。健ちゃんの父親は春日さんです。春日さんは最近まで健ちゃんの存在を知らなかったんです。今、二人は以前住んでいた紀子のアパートに住んでいます。あなたと紀子の離婚が成立次第二人は結婚をしたいと考えているんです」

藤也は肩を落として頷き、複雑な自分の気持ちに向き合うことにした。

「今考えると、結婚前から紀子とはしっくりしないものを感じていたんです。でも、健が生まれ有頂天になって紀子との生活を深く考えていなかったんです。紀子も嘘をつき続けることに限界を感じていたんでしょう。父が亡くなり、告げる機会が訪れほっとしているんじゃないでしょうか。ずいぶん冷めた見方をしているなと思われるかもしれませんが、紀子がいなくなっていろいろな人に会い、少しずつ現状を受け入れなくてはならないという気持ちになっていったような気がします。ところで事件というのは？　紀子を理解するうえで大切な話のような気がしていました」

「この話をすることは、紀子だけでなく自分の傷をもさらさなければなりませんので小田さんに会うことをためらいました。あの日、演劇仲間と合宿所に近い地元の人しか訪れないような海水浴場にいました。仲間は泳ぐのが達者で、疲れた私達二人は砂浜で遠くにいる仲間が泳いでいるのを水着姿で眺めていました。人の気配を感じ、目を向けると、変な目で私達の体を眺めまわしている私達より少し上くらいの男が立っていました。今にも襲われそうな気がしました。助けを呼ぼうにも周りに誰もいなくて、私達は愚かにも海にではなく民家に通じる小高い丘のほうに逃げました。男の足は速く途中で男に近かった私がつかまりました。恐怖に襲われた時は声を上げられないものなんですね。抱きかかえられキスをされそうになりました。拒絶すると男の顔色が獰猛になり水着に手がかかりました」

かえではその場面を思い出したのか両手で顔を隠し思い出したくないというように頭を振っていたが、顔から手を離し話を続けた。聞いている藤也にも不快感が伝わり怒りをもたらす。

「紀子が気づいたんです。後ろを振り返って私が危機に陥っているところを見ました。紀子は見過ごすことができずに私に駆け寄り、男の手を私から離そうと必死になりました。すると男の関心が紀子に移り紀子は抱きしめられ、肌に口をつけられてしまいました。着ている衣類もだらしなく不潔感漂う男にですよ。

『やめろ』という声が聞こえました。ほっとして声のするほうを見ると春日さんが立っていて、紀子を男から引き離しました。紀子は悔しさと安堵が一緒になって泣いていました。紀子と二人で肩寄せあって争う二人を見ていました。春日さんと男は、殴り殴られしていましたがいつの間にか崖っ縁に移動していたのを知ったのは事が終わってからでした。争いの最中に崖から男が落ちたんです。上から恐る恐る見下ろすと男は頭から血を流して横たわりピクリとも動きませんでした。見合わす三人の顔色が変わりました。春日さんは肩を落とし『警察に電話しないと』と言うと砂浜に引き返し、スマホで警察に連絡を入れたんです。春日さんは『これから警察に行くことになるから海水浴場から荷物を取ってきたほうがいい』と言ってくれたおかげで私達がまだ水着姿であることを自覚したんです。それからが大変でした。まもなくパトカーが来て警察官に事情を聴かれ、地元に詳しい警察官が現場に行って男が亡くなっていることを私達に告げました。その後警察に連れていかれ、新聞に事件が報じられました。演劇仲間は事件を知り私達を気遣ってくれましたがどうすることもできず、その日のうちに合宿を打ち切って東京に帰りました。あの時の事を考えると、今でも平静でいられません。男が先に手を出したとはいえ死んでしまったんですから。春日さんは拘置所に入れられました。紀子は家に帰り、私はアパートに帰ると生活がかかっていたので数日後休んでいたアルバイトに復帰しました。春日さんは裁判にかけられ傷害過失致死罪で三年の懲役、五年の執行猶予の判決を受けました。春日さんは卒業後の就職先が決まっていたんですよ。あの事件で就職の道は途絶え、中退しました。その時すでに今後の事を考えていたんだと思います。『俺の事はいい。お前達はせっかく入ったんだから大学だけは卒業しろ』と言ってくれました」

かえでは話の大半を終え少し、ほっとしたようだった。

「事件後私達は演劇部をやめました。忌まわしい思い出は常に二人に付きまといました。紀子は引きこもり、私は〈町子の家〉でアルバイトに精を出しました。私の家は父の会社が倒産し、大学を出るには働かなければなりませんでしたから。紀子の落ち込みようがひどくて働けば気がまぎれるかと思ったんです。今思えば浅はかでした。クラブで働くことが人によってどういうことになるか考えもしなかったんですから。

紀子は事件を忘れてしまいたかったのかもしれません。いつの頃からか性におぼれてしまったんです。ママが気づいて病院で治療を受けるように仕向けたんです。ママも責任を感じていました。『治療を受けないようならこの店から追い出す』とまで言ったんですよ。カウンセリングを受け結婚をする頃にはよくなったかに思えました。春日さんは拘置所を出たあとは、誰とも会わなくなりました。多分春日さんが周りへの気遣いから縁を切ったんだと思います。仕事は前科のせいで就職できずにいました。漫画喫茶のようなところで寝泊まりをしていたんですが、紀子が自分のアパートに招いて、仕事もママに頼み今の職場に就職することができました。そのうち紀子は妊娠をしてしまい、春日さんに話したところ、前科を気にして出産を望まなかったんです。何度か言い争い紀子が中絶をしないものだから春日さんがアパートを出たんです。その後、紀子が結婚した後、春日さんは紀子の借りていたアパートに引っ越し、紀子の離婚の決心が固いことを知り、一緒に暮らすことにしたんです。勿論今は、健ちゃんの事も知っています。離婚が成立次第、健ちゃんを引き取りたいと言っています。私、小田さんに話をした結果を二人に報告をして、浜松に帰ることになっているんです」

藤也は健に対して心残りはあるものの胸につかえていたものが下りたような気がし

ていた。

「今日、石田さんと一緒に行って二人に会うことができますか。春日さんにお会いしたその結果で、離婚届けを書こうかと思いますので」

かえでの顔が不安そうになった。それに気づいた藤也は、

「決して殴り合いにはならないでしょう。心配いりませんよ」

藤也の言葉に、かえでの顔に笑みが浮かんだ。

帰りに藤也の実家に立ち寄った。陽子が出てきてお茶に誘ったが、何の用事で来たのか二人に聞かなかった。

世間話に終始し、お茶を飲む三人の上で夏の名残の本多作左衛門の兜を模した風鈴が、風を受け涼しげな音を奏でていた。


前もって石田かえでが紀子に連絡を取った。

二人がアパートに行くと紀子が出てきた。頭を下げまっすぐに藤也を見て、目でごめんなさいと伝えている。招かれるまま中に入った。結婚前に見たアパートとは異なり、家庭的な雰囲気があった。

テーブルの前に座っていた大きな男が立ち上がり、藤也に握手を求めた。目元が涼

しく知性が感じられた。若いながら泰然自若としているその姿に父を見た。手を握り返しながら、藤也は事が終わったことを感じた。

健の父親として申し分ない男だった。紀子も幸せに暮らせるだろう。前もってかえでから事の成り行きを聞いていたので、聞くことはほとんどなく問われることも少なかった。藤也は黙って離婚届けの用紙に必要事項を記し印を押した。

石田かえでとは東京駅で別れた。藤也は感謝してもしきれない気持ちだった。


離婚を陽子に告げた。

「どうして？」と言うので「相性が悪かったし、健は僕の子ではなかった。二人の合意の上で決めたんだ」と言うと「この二年あまりは何だったんだろうね。神様のすることはわからない」と言った。薄々何かを感じていたのだろう。あまり落胆しているようには見えなかった。

『母のように考えられるとシンプルでいいな』と、藤也はふと思った。

石田かえでにお礼の手紙を出すと返事が来て、『私も気持ちに区切りをつけられました』と書いていた。

紀子の実家に行った。健はすでに紀子と春日に引き取られていた。最後に会えなくて残念に思ったが、仕方がないことなのかもしれない。義父母には「申し訳ないことをしました」と謝られたが、二人が何かをしたわけではない。運命のいたずらだと思ったが二人の前で口にすることは控えた。

「お二人の息子でいられなかったのは残念です。ここに来ると自分の家のように思えましたから。春日君はいい男です。紀子も幸せになるでしょう。ご家族の幸せを祈っています」との言葉を残し、名残惜しそうな二人に見送られながら藤也は橋田家を辞した。

〈町子の家〉に先日のメンバー＋宮崎遥で行った。ママも結果には満足しているようだった。藤也をつかまえると「また、二つのカップルができそうね」と囁き、片目を瞑った。

（五）

稲穂が垂れ、田んぼは金色に輝いている。すでに田は水を抜かれて乾き、刈り取りを待っていた。

あちこちの田にコンバインが入り、稲刈りが始まった。

「お前は運動神経、覚えもいいから大丈夫だと思うが、十分気を付けて運転しろよ。事故が全くないわけではないからな」と言い、まず、手本を見せ、藤也に運転を任せた。

三郎叔父に指導の下、藤也はコンバインを運転した。

恐る恐るの運転も、次第にうまくなり自信を持つ。

「気を抜くな！」「よそ見をするな！」「集中しろ！」

叔父は藤也から目を離さず、時折叱咤が飛んでくる。

コンバイン事故は年間十五人以上の死亡者を出し、いずれも六十歳以上の高齢者だと聞く。年齢が高くなるほど犠牲者が多くなる。

コンバインは稲から籾殻だけを取り収穫をしてくれる。それが終われば乾燥機が待っている。

「昔は鎌で稲を刈り、掛け干し、籾を取るのも一苦労だったが、家族総出の仕事には伝承の機会や家族や親戚や近所との交流もあって楽しかった。今は機械で簡単にいろいろなことが手早くできるようになり、国のバックアップもあり農業も楽になったし経済もいくらか豊かになった。しかし、子供達は収入ばかりに目が行って、身を粉にして働くという尊さを忘れ、先祖から引き継いだ田を疎かにし、ものづくりの心、助け合いの心がどこかへ行ってしまった。三次産業だけで生活できるわけがない。若い者は日本、あるいはどこかの国で、誰かが苦労して多くの人を支えているということをよく、理解することが必要だ」

叔父の嘆きをまた聞いた。

米は籾摺り機により脱穀を終え、玄米にして袋に入れて出荷する。それが終わると機械の手入れをして仕事は終わる。

畑の作物は寒冷に向かい保護、土寄せ、防虫、追肥と様々な仕事がある。

町の役場のそばのお寺では十一月になると地蔵祭りが行われ、人で賑わう。

藤也はこの行事を知子に見せたいと思い連絡をした。

知子は二つ返事で来ることになり、今度は取手ではなく、ＪＲ成田線の布佐駅を使いたいというので、橋を渡り三十分の道程を歩いて迎えに行くことにした。

布佐駅の昼間の乗降客は少ないが何処に知り合いがいるとも限らない。

知子は嬉々として手を振りながら改札口から出てきた。周りを見て手を振り返す。

久しぶりに利用する布佐駅は改装され、エレベーターやエスカレーターが設置されていた。

地蔵祭りは帰宅途中で見ることができる。寄り添って歩きたいが人目があるので少し、離れて歩く。

布佐駅前商店街はすたれ人出が少ない。途中の信号を左に見て橋に向かう坂道を歩く。千葉県の表示看板があり、橋の全景が見えてきた。

知子が驚きの声を上げた。指さす方向を見ると、老人らしき人が橋の中央から川に身を投げようとしていた。止められなかった。橋の上から川を覗き込んだが姿が見えない。

藤也はジャケットを脱ぐと川の中に飛び込んだ。川面は流れが見えないが深いところは流れが速い。

藤也は流れに逆らい必死で老人の行方を追った。大学時代の監視員のアルバイトが役に立った。

見つけた。

羽交い絞めにならない位置をとり、老人に腕をかけて岸を目指す。

二人を心配そうに見物人が囲んだ。知子も河川敷に下りていた。老人の顔色が悪く意識がない。

「誰か救急車を！」藤也が叫ぶ。老人の体を下にくの字にして水を吐かせる。せき込み意識が戻った。救急車の音が遠くから近づいてくる。周りの見物人の顔が安堵の表情になった。救急車は程なく到着し、三人の救急隊員が担架と共に降りてきて老人を乗せると車に移動した。一人の隊員が情報収集を行い二人は老人の処置を始めた。バイタルサインをチェックし、酸素マスクを着けている。情報を得た隊員がどこかに連絡を取り、あとの二人は次いで処置することに忙しい。救急車が走り出した。

「よかった。多分取手に行くんだろう」

「あんた本当によくやった」

「ずぶ濡れだ。早く着替えたほうがいいよ。風邪をひくから」周りの人が口々に藤也の功労を称え帰っていった。

知子が心配そうに寄り添う。

「途中で地蔵祭りに寄ろうとしたがこれではね」と、藤也は自分の姿に目をやった。

「私は大丈夫。早くお家に帰ってお風呂に入るのが先よ」

知子に付き添われ、顔を伏せ気味にして足早に家に帰った。

「まあ、藤也どうしたの」

開口一番、驚いて陽子が言った。

「事情は後で、それより風呂に入りたい」唇が青く、歯ががたがたいっている。

お風呂場に駆け込みシャワーを浴びながら湯を溜めた。浴槽で肩までつかるとほっとする。

居間では知子が陽子に挨拶と共に経緯を話していた。

しばらくして、風呂から上がり着替えを済ませた藤也がさっぱり顔で居間に入ってきた。

「藤也、人助けしたんだって」

陽子が話しかける。

「ああ、花田さんから聞いたんだね。びっくりしたよ。花田さんを地蔵祭りに連れていくつもりだったのに間が悪いよ」

「お地蔵さまが助ける役割をお前にくれたんだよ。名誉なことだね」

陽子がすまし顔で言う。

「母さんは何でも神様、仏様に結び付けて解釈するんだもんなあ。まいっちゃうよ」

「そうでもないさ」

二人のやり取りを聞きながら知子は藤也の隣でクスクス笑う。

「そろそろ地蔵祭りも終わる頃だと思うんだけど、行ってみる？　その後、僕はあの老人の事が気になるから救急病院に行ってみたいんだけどいいかな？」

陽子が入れてくれたコーヒーを飲みながら藤也は知子に聞いた。

「ゆっくり見られないのなら地蔵祭りは諦めます。病院に行きましょう」

知子にとっては、もともと地蔵祭りは二の次で、藤也の誘いが嬉しくて町に来たのだ。

地蔵祭りがお見舞いに化け、藤也と知子は救急病院に来ていた。受付で聞くと、老人との関係を聞かれＩＣＵに案内された。看護師と話し、面会をする。五人の患者が入院していた。どのベッドもカーテンが開けられ機械、装具がつけられている。一般病室と違い静かだった。

搬送された老人は目を閉じていた。点滴注射を施され心電図モニターがつけられている。進が搬送された時と同じようだ。

衣類は脱がされ病院から貸し出された寝間着を着ていた。ずいぶん顔色がよくなっていた。

人気を感じたのか老人が薄く目を開けた。藤也は名乗り「大丈夫ですか」と聞いてみた。老人はわずかに頷くとすぐに目を閉じてしまった。助けられて不本意に思ったのだろうか。それとも疲れているのだろうか。帰りがけ看護師に老人の事を聞くと、「ここで様子を見て大丈夫であれば一般病棟に移ります。患者様からは最小限度のことしか聞けなかったので、落ち着いてからもう一度必要なことを聞く予定です。ご家族の事もその時お聞きします」との事だった。

藤也は事に至った老人の経緯が気になった。

知子は黙って藤也に寄り添い、行動に従っていた。

その夜、知子は藤也の家に泊まった。

知子が家事を手伝っている。知らないことは積極的に聞き、知識を得ようとしている。片づける時も小田家のやり方に沿って陽子の流儀を受け入れていた。知子は話題が豊富で陽子の気持ちをうまく引き出していた。

「なんてお呼びしたらいいですか。陽子さん？　それともお母さん？」

「どちらでもいいですよ」と陽子が笑っている。

「じゃ、お母さんにします」

知子は違和感なく陽子と付き合っているようだった。

夕食時を避け三郎叔父がやってきた。昼間の事件をどこからか聞きつけたらしい。議員の耳は早い。事実を確かめ推測を述べ、あれこれ世間話をして帰っていったが、帰り際知子を見て「まあ、ゆっくりしていってください。この町は子育てをするにはいいところですよ」と言って帰っていった。

叔父は知子に好感を持ったに違いない、定住してほしいと思うほどに。陽子は笑顔で義弟を見送っていた。


お風呂を勧められ、普段より時間をかけてお風呂に入った。

知子には藤也の妹が結婚前に使っていた部屋を提供されていた。藤也の部屋の隣。陽子の部屋は一階で進の笑顔のスナップ写真がおかれている仏間だった。

知子は眠れなかった。

昼間、藤也の部屋に案内された。あっさりした青年の部屋だった。記念のトロフィーや旅行先からの土産の置物、バスケットボール等々、壁の棚に整然と置かれていた。

写真集をねだって見せてもらった。母親に抱かれ父親が横に立つ生後一ケ月の神社での写真、ハイハイをしている藤也、よちよち歩きの写真、どこかの遊園地で妹と一緒の写真もあった。成長につれ写真の枚数が少なくなるが、家族に愛されて育ったことがよくわかる藤也の歴史を物語る写真集だった。

二枚ある大学時代の写真を見つけ、いただけないかと聞いてみた。もらい受け大事にバッグにしまった。それは知子の宝物になった。

藤也は離婚後、マンションにあった紀子と健の荷物はなくなっているが自分の引っ越しは後々ゆっくりとしたいと言っていた。会社にいるうちは何かと便利なのだろう。

静かだった。藤也はもう眠っただろうか。

藤也も眠れずに体を持て余していた。

藤也の部屋のドアが少し開いた。人の気配に藤也の視線がドアに行った。パジャマ姿の知子が枕を抱いて立っていた。

「眠れないの？」藤也が小声で聞く。ドアがさらに開き知子が部屋に入ってきた。

「藤也さんも？」知子も小声で聞き返す。

「僕もだ」階下の陽子に会話を聞かれたくなかった。

「入る？」布団をめくり知子に聞く。

おずおずと枕をベッドに置いて布団の中に入ってきた。藤也は知子をそっと抱いて温かさを味わった。知子が目を閉じた。横になった知子の髪の匂いをかぐとシャンプーのいい香りがして、唇をつける。額に、鼻に、頬に耳に唇を移動させキス続ける。

知子の腕が藤也の首に巻き付きキスが次第に深くなった。藤也は手を体に滑らせる。知子の体は触れるたび敏感に反応した。

額と額を合わせ「初めて？」と、聞くと知子は頷いた。

「いいの？」

知子は、また頷いた。

彼の体はすでに興奮していた。二人の胸の鼓動が速い。藤也は知子の衣類を一つ一つ取り去ると、自分の衣類を脱いだ。知子の反応を見ながら肌に手を滑らせる。声に出さない知子の興奮が伝わってくる。知子の興奮が頂点に達し、体を重ねた。

興奮は一度で終わらず、気が付くと白々と夜が明けていた。

目覚めて気づくと藤也の姿はなかった。身支度をして階下に降りる。知子は体に違和感を覚え、昨夜の事は夢でなく嬉しい行為だったことを思い出す。

階下に下りると、陽子が朝御飯の準備をしていた。朝寝坊をしたことを謝ると、「もっとゆっくり寝てればよかったのに」と、朝のすがすがしい顔でにっこり笑った。知子は恥ずかしくて顔をあげられなかった。

陽子は何も聞かない。知子も何も言わない。知子はせっせと体を動かし朝食の手伝いをした。

藤也が帰ってきた。ほっとして知子が迎えに出た。藤也の顔を見ると昨夜のことが思い出されて顔が赤くなる。藤也はちらっと台所に目をやると素早く知子にキスをした。

今朝のメニューは米飯、大根とわかめの味噌汁、卵焼き、味付け海苔、野菜サラダに白菜の漬物。

「いただきまーす」一斉に箸をとる。

今年の秋に収穫したお米の御飯が光っている。とてもおいしい。

「このお味噌は私が作ったのよ」と陽子が嬉しそうに説明をする。

「ねえねえ、お母さん、家事のこといろいろ教えていただけません？　私ね、母が高校生の頃亡くなり、教わる事がほとんどなかったんです。私もお母さんのようにお料理が上手に作れるようになりたいんです」

「私でよければ、いつでも来て頂戴。賑やかなのはいいわね。大歓迎よ」

藤也の目が笑っている。藤也は黙って味噌汁の椀を口に運んだ。


「藤也、お客さんだよ」

陽子の声に玄関に行くと、中肉中背で五十代前後の背広の男が立っていた。彼は藤也の姿を見ると頭を下げた。初めて会う男だった。藤也も頭を下げた。藤也の怪訝そうな顔を見て、

「山岸と申します。この度は父がお世話になりましてありがとうございました」と、慌てて言った。

藤也はその一言で病院に入院中の老人の身内だと理解した。

「どうぞ、中へ」と、誘うと遠慮がちに入ってきた。居間に案内すると陽子がお茶と和菓子を運んできた。

彼は「お気遣いなく」と言いながら、お礼の品を差し出し、出されたお茶を口にした。

「農家のお家はさすがにりっぱですねえ」と庭や室内を失礼にならぬよう配慮しながら眺めている。

広い庭には大木が聳え、その下には灌木や形のいい大小の石が配置され、季節の花が咲いていた。居間は畳で広くとり、柱は太く、床の間には季節の掛け軸がかけられ、生花を置いていた。

「祖父がこの家を建てました。庭のつくりは父の趣味です」と、藤也が話す。

山岸はしばらく庭を眺めていたが、やがて今回の事情を話し始めた。

「私の住んでいる滋賀県に父を連れて行こうと思います。今までも何度も勧めていたのですが、自分の建てた家に愛着がある様子で承知してくれませんでした。私達が育ち、何より母との思い出が強く残る家ですから、町を離れづらかったんだと思います。数年前、母が癌でなくなり、父の精気がなくなりました。よほど一人が堪えたんだと思います。皆さんにご迷惑をかけ申し訳ありませんでした」と言い、深々と白髪交じりの頭を下げた。

帰るにあたって藤也は「車で送らせてください」と言うと丁寧に断り帰っていった。


藤也は山岸老人の事が気がかりで病院に来ていた。

看護師に断り病室に行く。四人部屋の前に老人の名前、山岸精一の名札が表示されていた。周りの患者に会釈してカーテンが引かれたベッドに近づく。中から二人の男の争う声が聞こえた。頃合いを見て声をかける。

中からカーテンが開けられ、息子が出てきた。彼は予想しなかった藤也の出現に驚いていた。

「みっともないところをお見せして……」その言葉に藤也は手を振り老人に顔を見せる。

どう声を掛けたらよいものかと考えた末、「ご気分はいかがですか」と言うと、老人は横を向いてしまった。振り返り、藤也の後ろに立っていた息子の顔を見ると、

「一緒に行こうと言ったんですが、言うことを聞いてくれません。私には仕事がありこちらにいることが出来なくて、困っているところです」

藤也は息子とアイコンタクトを取り、面会室に向かった。

「今度、いつ来れそうですか」

「帰ってからでないと日程が組めません。生活相談員の方にもお会いしましたが、介護保険適用で施設入所は無理でしょうと言われました。老人ホームには家への思い入れがあるのできっと入りたがらないでしょうし、困りました」

藤也は黙って聞いていたが、「ちょっと待っていてくださいませんか」と言うと、面会室が携帯電話の使える場所だったので家に電話を掛けた。

「母さん、相談なんだけど……」と切り出して事情を話し、山岸老人を引き取れないかと相談をする。相手がいいなら良いとの返事をもらった。藤也が帰っているので防犯を気にしていない様子だ。

藤也は面会室に戻り、老人が落ち着くまでしばらく家で預からせてもらえないかと話をした。初めは遠慮していた息子も、連れて帰れないのであればと最後は折れた。

老人には息子から話してもらった。

俯いて聞いていた老人は顔を上げちらりと藤也を見て「物好きなお方だ」と、呟いた。

それを了解ととり、息子は後を藤也に託し、ほっとした様子で滋賀に帰って行った。

「こんにちは。どう、ご気分は？」

藤也は時間の都合がつく限り山岸老人を見舞っている。そのせいか、藤也に心を開くようになっていた。

山岸には高血圧、痛風、糖尿病等の持病があり、入院ついでに検査や治療を受けることになった。検査の結果は時を経て次第に正常値に近づいていた。顔色がよくなり、痩せ気味だった体も体重が増え、見た目はすっかり健康体だ。

そんな山岸だが、病院では自殺未遂ということで警戒を緩めず他の患者より夜の巡回を多くし、見守りを続けているらしい。最近では藤也が保証人に名を連ねているせいか、山岸に関し何かと必要な時は職員から連絡がある。藤也が面会に行くと「若い看護師の訪問が多くなる」と同室者の話があった。藤也の見た目と人にやさしい性格のせいかもしれないのだが、藤也は気付いている様子がない。

山岸はもともと世話好きらしく、最近では同室者に困った人があれば看護師を呼んであげたり、自ら動いて手助けをして同室者や職員から喜ばれていた。

ある日、藤也が面会に行くとオーバーテーブルを真ん中に同室者と将棋を指していた。

「もうすぐ師走だなあ。娑婆にいれば何かと忙しくなる季節だ。ところで山岸さんは外出、外泊をしないのかい」

山岸より少し年少の相手が話をした。

「俺は……」山岸が言葉を濁している。

「俺達は遅かれ早かれ近いうちにお迎えが来る。仏壇やお墓を大事に扱わないと、向こうに行ったらカミさんや親にそっぽを向かれるかもしれないよ。気晴らしにもなるしよ」

「そうだなあ」言葉に元気がない。

山岸が勝ち、駒を置いた。藤也と目が合った。

「山岸さんの家のお墓って何処にあるの」と、藤也が聞く。

「町内だよ。定年になってすぐに買ったんだ。先祖の骨を田舎から持ってきて埋葬し、家内が一緒に入っている」

外出・外泊の許可が出ているのかどうか聞くとまだ聞いていないという。もしその気があれば藤也の家に泊まって気晴らしをしないかと勧めてみたがどうも乗り気でないようだ。事情を考えれば無理には勧められない。

「また来る時までに考えておいてよ。外出・外泊の許可の件は看護師さんに確かめておくから」と、話を留めた。

帰りにナースステーションに寄ってみた。許可はまだですが確かめてみますと看護師は言い、電話で医師に確認していたが、振り向くと「許可が出ました。付き添いがあればいいということですよ。まずは外出からで様子を見ましょうっていうことでした」と、笑顔で言った。

病室に戻り、床頭台に置かれたカード式テレビを見ていた山岸に外出許可が出たことを伝えると、手を挙げただけでテレビから目を離さなかった。


翌々日、面会に出かけると山岸から「外出するよ」との話があった。日時の打ち合わせをして、藤也が出勤する日以外なら大丈夫と言うと怪訝な顔をした。勤め人で昼間に面会に来れる人は少ないからかもしれない。その顔を見て藤也は互いの生活について語り合ったことがないのに気が付いた。

「僕は農業をやっていますが、まだ初心者マークなんです。父が亡くなってから引き継いだんですが、会社から完全に引くことができなくて週二回ほど新宿にある会社に行っています」と言い、家庭の事情も簡単に付け加え、今は独身で母親と二人暮らしであることを話した。

「僕の都合のいい日は土・日ですが、山岸さんの帰りたい日に合わせることもできます」

「俺のために無理をしてくれなくてもいい。今週の土曜日、午後一時でも大丈夫かい」

藤也は山岸の言った時間を考え、遠慮を感じた。

「お昼は僕の家で召し上がりませんか。たまには外の食事もいいいんじゃないですか」

「いや、いいよ。またの機会にさせてもらう」

藤也は無理強いすることを避け、山岸の言葉に従うことにした。それからしばらく世間話をして時間をつぶした。

山岸はバブルのはじける前、ローンを組んで団地に家を買い、妻や小学生の二人の子供と共に東京のアパートから移り住んだ。値段が手ごろで、子育てをするのに快適だと移り住んだが、会社のある東京までの通勤はきつかったという。

「電車の本数が少なく、朝六時台に電車に乗っても座るところがなかった。帰りはいつも遅くなり、電車の中ではつい転寝をしてしまい、布佐駅に着いたことに気づかず隣の木下、その向こうの小林、そのまた向こうの安食の駅で気が付いて夜中に妻に迎えに来てもらった。東京では生活上はほとんど車を必要としなかったが、ここでは車がなくては生活が難しく、妻は引っ越してから運転免許を取ったんだ」

話が子供の養育についての話になった。

「住宅が次々にできて、小学校は急に児童数が増えたものだから教室ができるまで一時、プレハブを建てて教室にしていた。今はその子供達も成人し、児童数が極端に減り小学校が二校、中学校が一校廃校になった。

子供の教育は、ほとんど妻任せ。夜遅く帰って妻の言うことをいちいち聞く気になれなかった。休みの日は自分の体を休めるだけでせいいっぱい。家族との触れ合いをおろそかにしてしまい、年を取って気が付けば子供はてんでに好きなところで暮らし、会うことはほとんどなくなってしまっていた」

「お子さんのもう一人の方は？」

「娘が神戸にいる。四五になるんだが婿の転勤で行っちまった。何処も生活が苦しいらしくて、今は子供の大学受験で大変らしい」

藤也は山岸に訛りがないように感じられた。

「山岸さんは東京のお生まれですか？」

「いや、山梨だ。武田節は俺の十八番で若い頃よく歌ったものだ。

田舎では当時、大学に行ける奴は少なかった。神童だのって祭り上げられて憧れの東京に来てみたら、俺のような奴らがゴロゴロいて驚いたよ。大学に行くと学生運動が盛んで、授業なんかしょっちゅう休講だ。仲間に誘われ、世の中がわかったような気分になり学生運動に参加して、機動隊にぶつかり拘置所に入れられ、親を泣かせてしまったこともある。気づいたら就職が目の前にあった。就職活動に遅れたこと、学生運動に参加したことがマイナスに出て、なかなか就職先がなくやっと拾ってくれたのが建築会社。そこで定年まで厄介になった。妻と出会ったのはその会社。事務員をやっていたんだ」

山岸は一息をつき、話を続けた。

「プロポーズした時、妻には幸せにすると約束したが、果たして幸せだったのか。苦労ばかりかけてしまった。子供がそれぞれ社会人となり、家のローンを脱して、やっと二人で新婚生活の続きをしようとした矢先、妻が子宮癌を患った。末期だった。症状は早くからあったというのに、我慢して受診を一日伸ばしにしていたんだ。気づいてやれなかった。子供は見舞いにも来れず、俺は家事に慣れていなかった。大変だったが妻がいるだけで幸せだった。苦労を苦労と思わなかったが最後の日がやってきた。一人になって初めて知ったんだ。一人は寂しいって」

山岸は隠すように横を向き涙をぬぐい笑みを見せた。

「町には定年後にいろいろ楽しむサークルがあるでしょう」藤也が聞く。

「一度参加してみたんだが、みんな幸せそうだった。話していると今の境遇がみじめになるんだ。二度と行く気になれなかった。家ではテレビを見たり、家事をやったり、庭をいじったりしたが、話し相手がいないのは寂しかった。時には三日も四日も誰とも話さないことがあるんだ。妻がいる時にはたあいのない話で盛り上がり、テレビが面白ければお前も見ないかと声をかけ、一緒に見て笑ったり悲しんだり、怒ったり。お茶が飲みたくなると声をかければお茶が出てくる。妻の死後、一人で食べる飯は砂を嚙むようだった」

「息子さんが、一緒に住もうと言ってくれたんでは？」

「我家にはたくさんの思い出が詰まっている。どの場所にも家族の歴史を感じるんだ。それを失くしたくなかった。それに、息子の家庭を壊しそうで嫌だったんだ」

「ご実家の方々とは？」

「随分疎遠になっている。両親はもちろん兄弟も死んだ。甥、姪とは年賀状のだけの付き合いだ」

藤也は吐息をついた。山岸との付き合いは短いが、人の歴史を知ることは理解につながる。話してみなければわからない。

「それじゃ、外出時に迎えに伺います」

山岸は頷き、エレベーターまで見送りに来てくれた。


その頃知子は、東京駅で静岡からの榎真弓と待ち合わせをし、東北新幹線に乗っていた。互いの生活を語り合い、土地の駅弁を楽しんだ。盛岡に到着し、予約しておいたホテルに落ち着くと、荒木かおりを訪ねた。翌日の結婚式を控え、荒木家の雰囲気は何となくあわただしく感じられた。

かおりは幸せそうだった。最後の自宅での夜とあって団欒を邪魔したくなかった二人は、お祝いの言葉を告げるとお茶だけを頂き、早々にホテルに引き上げた。

翌日は快晴だった。結婚披露宴は結婚相手の旅館で行われた。

かおりは和装婚礼の文金高島田姿。憧れの結婚式に知子、真弓の二人は胸をときめかす。衣装はかおりによく似合っていた。終始目線が下向きのかおりが顔を上げ、二人を見るとにっこり笑った。全くの別人のようだった。

知子も真弓も友人の結婚式に列席するのは初めての経験で、披露宴では豪華な料理を前にかおりの夫となる人の顔をしみじみと見る。体が大きく、眉目秀麗、座した姿に隙がない。

「かおりが惚れたのは無理がないわ」と真弓が呟く。

結婚する二人の友人達がエピソードを披露する。結婚式では欠点をあげつらうことはほとんどないと聞くがまさにその通りで、高校生の頃からの付き合いの二人は、結婚までの七年を見守ってきた友人達からのエピソードには終始宴席の人達の笑いでいっぱいだった。年配の人達の話は教訓めいた話が多く、退屈な面はあったが、これも実生活において有益な話が多かった。

前もって祝辞を頼まれた真弓は、ありきたりの祝辞の後、堅実なかおりを称え、のろけ話をさんざん聞かされていたので、今日の日が楽しみだったことを打ち明け、末永くお幸せにと最後を締めくくった。

披露宴の途中でお色直しをしてドレス姿になったかおりもまた素敵だった。夫となる人も立つと背は一八〇センチほどあり、逆三角形で筋肉質の体はたのもしく思えた。

賑やかな披露宴が終わり、帰途に就く。

知子にとってかおりの結婚式は、自分の結婚式が現実のものとして身近に感じられるひと時でもあった。

真弓が帰りの新幹線の中でそっと打ち明けてくれた。

「私、父子家庭の妻になるわ。時折、三人で食事に行くのよ。担任を解かれた後の春休みに結婚するつもりなの」


「お迎えに来ました」

約束通り、藤也は山岸の外出のため病院に来ていた。

山岸はベッドを整え着替えをして待っていた。

「気を付けて。まずは退院準備の第一歩だ」先日、将棋を指していた老人が笑っている。ベッドネームを見ると原喜一郎と表示されていた。

「いい男になったじゃねえか」と、原が茶化す。山岸は照れ笑いをしながら「行ってくるよ」と、手を挙げる。

外出届はすでに出してあった。

山岸を玄関ベンチで待たせ、駐車場から車を出して来て助手席に乗せる。

日差しは弱く、風が冷たい。市街はすでにクリスマスの装いをしていた。

山岸は無言だった。目を外にして何を考えているのか身じろぎもしない。彼の家は藤也の家から五分程で着ける。途中で藤也の家に寄ってもらうことにした。

「母がお茶の準備をして待っています」と言うと、「すまないね」と言い、拒否することがなかったので藤也は内心ほっとしていた。

藤也の家に着いた。車の音を聞きつけ陽子が出てきた。車から降りると山岸は陽子に礼を言い、辺りを見回す。家の前には冬枯れの景色が広がっていた。勧められ山岸は居間に通され正座をした。

「気を使わないで、ゆったりしていてください」と言うと胡坐をかいた。

陽子が和菓子とともにお茶を出した。山岸はお茶を味わいながら茶菓子に目を向けた。

「船橋屋の和菓子か。懐かしいなあ」と、相好を崩した。

船橋屋は町に古くからある和菓子屋である。代が変わり、季節になると新作和菓子が次々と店頭に並ぶ。

「最近、町のキャラクターを模してどら焼きにしているんです。ソフトで食べやすく、おいしいでしょう」

山岸が小ぶりの和菓子を手に持った。藤也と陽子もそれに倣う。

「うまい！」と山岸が称賛する。買ってきた陽子は満足そうに「そうでしょう」と、言った。

あれこれ世間話をしているうちに時計を見ると二時半を回っている。山岸がお茶の礼を言い、腰を上げた。山岸と藤也は再び車に乗った。

駐車場には山岸の車があったので、家の前の道路に駐車する。主のいない山岸家のポストは新聞や郵便物が入りきらず、誰がやってくれたのか段ボール箱に収めてくれていた。

山岸は隠し場所から鍵を取り出すと、玄関を開けた。締め切った家にはその家特有の臭いが籠っていた。家の中が整然と片付いていた。山岸の死の決意を感じさせる室内だった。

山岸が窓を開け始めた。藤也も手伝う。

音を聞きつけた近所の老人が一人二人と集まってきた。山岸と目が合った。近所の人達はなんと声をかけてよいのかわからないようだった。

「こんにちは」と、藤也が努めて明るく声をかける。

「退院なさったんですか」と、一人の人が聞く。

「いいえ、外出なんです。この度はご迷惑をおかけしました」

後ろに立っていた山岸が言った。藤也は思わず山岸の顔を見てしまった。平気を装っている。これが嫌だったに違いないと、藤也は思った。

「お大事に。早く退院できるといいですね」と言い、近所の人はそそくさと帰っていった。

山岸はフーと息を吐くと藤也に笑いかけ、仏壇の前に行った。蠟燭と線香に火をつけしばらく手を合わせていたが、やがて立ち上がり枯れた仏花を捨て、湯呑の水を取り替えた。仏壇には先祖代々の位牌と真新しい位牌が並べられている。笑顔の女性の写真は妻の写真だろうか。

山岸は写真をじっと見つめると、

「すまなかったね。寂しい思いをさせてしまって。今度帰ってくる時はお菓子とお花を買ってくるからね」と、やさしく言った。彼の寂しさが伝わってくるようだった。母を思い藤也は父の死後、実家に帰ったことが間違いでなかったような気にさせられた。

山岸が振り向いた。

「お墓参りは今度にするよ。今日は空気の入れ替えと、戸締りをするので精一杯だ」と、言った。

仏壇の灯を消し、戸締りをする。先ほど感じた臭いが消えたように思えた。

帰りは藤也の家には寄らず病院に戻った。帰り際、藤也が見た山岸の表情はとても穏やかだった。

十二月の日の出は遅く、その分朝寝坊ができる。

農作業は収穫、霜対策があり、あちこちから忘年会の誘いもあれば、クリスマス会、年越し準備で忙しい。それに中村と遥からクリスマス前日に行われる結婚式の招待を受け、知子と二人で出掛けることになった。

藤也の離婚は同僚に知られることになった。離婚して間がないため大っぴらには付き合うことが出来なかったが、藤也と知子は時々相互の家に泊まるようになっていた。藤也の家に知子が泊まる時には山岸の入院先に二人でお見舞いに出掛けた。

十二月二十三日は中村と遥の結婚式だった。

知子は会社で先日、遥に聞いた。

「付き合いだして早かったですね。アパートに行ってご飯を作ると言っていたと思ったら結婚でしょう。いつ結婚が決まったんですか」

「アパートに行って食事を作り、二人で食べている時に、急に『両親に会ってくれ』でしょう。驚いたわよ。余程ご飯に飢えていたか、私の料理の腕に参ったかだと思うの。私、秘かに花嫁修業していたのよ。それが功を奏したのかもしれない。中村さんの両親も彼がいつまでも独身でいることを気にしていたし、私の母も行くたびに見合いの話でしょ。両家とも嫁に婿にということになり、結納が行われ、とんとんと事が運んで結婚に至ったわけ。ところであなた、係長とはどこまで」遥の中では嘱託の小田は今でも係長のままだ。

知子は何も言えず、顔を赤くしていると、遥は事を察したのか「いつの予定？」と聞く。「そこまでは……」と言うと、「まったくじれったいわねえ。あなた達は」と言い、「頑張ってね」と、励まされた。

藤也と別れ、式場の控室に行くと遥が純白のウエディングドレスに身を包み、準備が整い式を待っていた。遥が輝いている。式場の係の人と留袖姿の母親がそばにいた。

「ありがとう、来てくれて。次はあなたの番ね。結婚しても当分は共働きになるから、これからもよろしくね」と、白手袋の手で握手を求められた。

二人は幸せそうで、お似合いのカップルだった。

賑やかだった披露宴が終わり、独身の男女が外に出て花嫁が後ろを向くと、ブーケが青空に舞った。そのブーケが予期せず知子の手に収まった。藤也を見る。彼は笑顔でそれを見ていた。知子の胸に幸せな気持ちが沸き上がった。

退院の日が近づいていた。

退院の前に外泊を勧められ、山岸は藤也の家に身を寄せた。知子が来ていたので、翌日みんなで山岸家の大掃除をすることになった。陽子と知子は早朝からおにぎりや卵焼き、唐揚げ、煮物などを作った。昼食のお弁当の準備が終わると、朝食を食べ山岸家に向かった。

晴れた日ではあったが、寒さが増す師走の一日、山岸の要望を聞き手分けをして事に当たった。陽子が総指揮官で、指示のもと大掃除が進む。若い藤也と知子は主戦力でパワーがあった。障子の張替は陽子が担当。庭木の剪定は藤也の、後片付けは知子の担当になった。二人のコンビネーションはよく、仕事が進む。山岸にしかわからないところは彼に任せた。昼食を挟み夕方までには大掃除が終わった。山岸の家は一日中人声が絶えず、笑い声がした。

近所の人が前を通りながら覗いていく。

「おたく、身内の人?」聞かれた藤也が「そうです。お世話になっています」と、すまして答える。近所の人は半信半疑の様子で帰っていった。

すっかり家がきれいになり、夕食は山岸の家で鍋を食べた。

「こんな日が来るなんて……」

食卓を囲みながら山岸は声を詰まらせていた。

翌朝、山岸は足慣らしのため藤也と共に畑に行った。山岸は全く田畑作業の経験がなく物珍しそうに野菜を見ている。山岸は、今まで田畑に関心もなかった。

「野菜はこうして育つのか」「結構手のかかるもんだなあ」と、感想を述べ「退院したら手伝わせてもらってもいいかな」と藤也に尋ねた。

「ええ、ぜひお願いします」笑顔で藤也が答えた。山岸は目を輝かせていた。

朝食時、今日一日の計画を互いに確認しあった。山岸はお墓参り。知子は夕方帰宅。お墓参りにはみんなで行くことにした。山岸家のお墓は小田家から車で五分ほどだった。途中、花屋に立ち寄り仏花を買った。

お墓では掃除をして花を生け終わると、線香に火をつけそれぞれに分け合った。

山岸がお墓の前に立った時、他の三人は気を利かせ少し場を離れた。妻と二人にしてあげたかったからだ。頃合いを見て戻ると、山岸は振り向いて笑みを見せ、場を譲った。

大晦日の数日前。

「退院しますか？」

藤也が面会に行くと待ち受けていた主治医から話が合った。少し時間を頂いて、滋賀の息子と陽子に連絡を取る。その結果をもって山岸と話し合う。夜は藤也の家に泊まり、昼間は好きな時に自宅に帰る。三十日には滋賀の息子がこちらに来て、お正月は自宅で家族と過ごすことになった。

滋賀に折り返し結果の連絡を入れると「ありがとうございました」と息子は礼を言うと言葉が詰まり次の言葉が出ない。次の言葉は咳払いから始まった。藤也には涙声に聞こえたような気がした。家族や神戸の妹に話し、お正月は実家でにぎやかに過ごしたいという話だった。

山岸は二十八日に退院した。

まずは、藤也の家で腰を落ち着けた。三郎叔父が来て餅を届けてくれた。小田家は今年進が亡くなり、鏡餅、注連縄ができず、年賀状も出せない。おせち料理は紅白蒲鉾、海老、鯛は山岸家だけにとどめるつもりである。

二十九日は快晴だったのでシーツを洗濯し、布団を干す。

三十日は山岸家の注連縄、鏡餅のお供えをした。

「暮れに帰省しないわ。お母さんからおせち料理を習うの」先日来訪時、帰りがけ知子が言った。

「家族が待っておられるだろう」と藤也が言うと了解済みだと言う。

「それより実家に遊びに来ませんか」と誘われ、その話は保留にした。行けば結婚話をせざるを得なくなる。知子は初婚で、藤也は二度目。慎重に扱わないといけない。桃農家の娘が、東京に就職したには何か理由があるに違いない。できれば問題は結婚前に解決しておきたい。

陽子と三郎叔父、中村に話を聞いてもらった。三人とも賛成だった。叔父は知子の実家が桃農家と聞き喜んだ。戦前、町には桃畑があり春には花が咲いてきれいだったらしい。それが戦争により稲作に転用されてしまったと。耕作放棄地農家が増えた今、産業として桃作りも視野に入れたいと、一部に意見があるという。桃農家とお近づきになりたいと目を輝かせていた。


正月休みにはいった。

正月準備に取り掛かる。大掃除、買い物、お節料理の下準備。料理は二軒分とあって量が多い。（小田家の分はお節料理とは言わなかったが、内容は一部を除いてほとんど同じだった）料理が終わると藤也が山岸家に料理を届け、言い伝えを重んじて入浴をし、そばを食べた。除夜の鐘が聞こえてきた。

三人はこの激動の一年を振り返り、感慨に浸っていた。


元旦。

陽子と知子が台所に立っている。

「藤也、お餅をいくつにする？」

「三つかな」

「それで足りるの？」と、陽子が念を押す。

「それでいい」

「学生時代は五つも六つも食べたのに。まったく少食になったものだね」と、陽子が独り言を言った。

「何か言った？」

「なにも」と言って陽子は知子と目を合わせくすくす笑った。

藤也が新聞を読んでいる。新聞は二紙とっているが、元旦だけは朝早くコンビニに行って大手各紙の新聞を買い、読み比べるのがここ数年の習慣になっていた。

料理がテーブルに出そろい、朝食になった。

「君は何を作ったの？」藤也が知子に聞く。

「味付けはお母さん。私は手伝っただけ」

「すぐに一人で作れるようになるわよ」と、陽子は笑いながら言葉を添える。

「合作もおいしいよ」と言いながら、知子だけの傑作を味わえない藤也は、少し残念に思いながら料理を口に入れた。

テレビでは相変わらずの正月番組で盛り上がっていたが、注連縄や鏡餅、年賀状の来ない正月はなんだか気の抜けたお正月だった。

（六）

　さくらの家族が訪れたので、藤也は知子の実家に行くことに決めた。

　二人は車で六号線に出ると柏で十六号線に入り高速に乗り高崎で降りた。途中、混雑している三芳のサービスエリアで藤也達はコーヒーを飲み休憩をとった。降りてからはカーナビが頼りになった。注連縄・門松に国旗掲揚、お正月だと思える風景が広がる。

　里山の一軒家についた。瓦屋根の立派な家である。周りに桃畑が広がる。駐車場には何台かの車があった。

　車の音を聞きつけ、知子から知らせを受けていた大勢の人々が迎えに出てきた。

「おめでとう。道は混んでなかった?」

　知子より少し年上の女性が笑顔で言う。知子によく似ている。ほっそりとして、芯の強そうな女性だ。

「うん、さほどね。皆様、あけましておめでとうございます」知子はそう言うと言葉を続け、「姉です。それから家族と親戚の人達です。こちらは、小田藤也さん、私の元上司だった人」とそれぞれを紹介した。

「初めまして小田藤也です」一人一人と目を合わせ、挨拶をする。

「姉のひろ子です。妹がお世話になりまして。ここではなんですから家の中にお入りください」

周りの男は夕べから酒を飲んでいたのか顔が赤い。

導かれて中に入った。

居間の正面に日に焼けた五十半ばのがっしりした男が、彫刻の施されたお節料理の乗った大きな座卓を前に胡坐をかいて座っていた。知子の父親だった。知子から紹介された二人は初対面の挨拶をかわし、藤也は席に着いた。

「遠い所へよくいらっしゃいました。どうぞ足を崩してください」と言い酒を勧められた。

「車で来ましたので」と丁重に断わると、ひろ子が緑茶と和菓子を持ってきた。

父親は一緒に飲めない事に残念がったが、「次の機会は泊まっていただいて気の済むまで二人で飲んだらどうかしら」と、ひろ子に諭され諦めた。

「知子とは？」と聞かれ、藤也は「元同僚です」と言うと、すかさず知子は「とてもお世話になったの」と、言葉を挿んだ。

「父の死をきっかけに米農家の跡を継ぎましたが、今は部署が変わり週二回、会社勤めをしています。知子さんは性格が明るく、よく気の付くお嬢さんで、苦しい時には助けられました。私は父が亡くなってから離婚しました」

父親は頷きながら、ふと、気づいたのか七、八人いた周りの人達を紹介した。家族と親戚、使用人だった。

一人、目の鋭い男がいた。目が合うと男は目をそらしひろ子を見た。ひろ子はその男を「夫の陸です」と、紹介した。
二、三歳の男の子が藤也の膝に乗った。少し驚いたが、頭を撫ぜ、「お名前は？」と、聞くと「つばさです」と、かわいい返事が返ってきた。指を三本立て三歳を示す。「三歳なんだ。いいお名前だねえ」と言うと頷いた。
「こら！　駄目でしょう」ひろ子が叱責し、困ったような顔をして紹介した。

「ごめんなさい。長男です。人見知りしない子で気に入った人を見るとすぐにそばに行ってしまうんです」

「つばさ、おいで」様子を見ていた知子が手を広げると、つばさは藤也から離れ知子の膝に移った。

一瞬、健を思い出した藤也は、膝の上を寂しく感じた。

知子の父親の名前は花田市太郎、若い頃桃農家を目指し、結婚してやっと十分な生活ができるようになった頃に妻を亡くしたのだという。

先程の中断していた話が「農家はなあ……」と言う市太郎の言葉で再開した。市太郎の視線が若い男の顔に行った。見られた男は下を向いた。

「農家の未婚、離婚はよくある話だ。サラリーマンのようにはいかないなあ」と、言う男もいた。

嫁の話になった。藤也は自分の離婚事情を聞かれたらどう答えようかと考えていたが、それは周りの人達の話で危惧に終わった。結婚の経緯を何人かが話し始めたからだ。

「俺のなれそめか。いまさらなあ」

「みんな知らないいんだから話したら」

「珍しい話じゃないいんだ。家が隣同士で同級生。嫁とは幼馴染なんだ。思春期の頃は互いに意識して話もしなかったが、高校生の時、ちょっとしたことで言葉を交わすようになり、自然に互いがその気になり結婚したというわけよ」

「他に好きになった子はいなかったの?」

「それは互いに一人や二人いたことはいたんだが、長くは続かず結局、互いが惚れあっていたということがわかり結婚になったというわけよ。人の話ばかり聞いていないで、お前はどうなんだよ」

「俺は友達の結婚式で知り合ってさ」

「へえ、そうなんだ。てっきり見合い結婚かと思っていたんだけど。結婚式でって、何がきっかけで結婚したの」二十前後の男が言う。

「たまたま隣同士の席になって、俺のグラスが空になっていたものだから彼女が酒を注いでくれてね、俺も注ぎ返して話をするようになったんだ。話が弾み、周りを巻き込んで盛り上がり意気投合。その時、付き合ってくれと言われて付き合ったんだ。それからが大変。お互いはよかったんだが相手の親が農家の嫁は苦労すると信じ込んでいて反対されたんだ。しかし、女は強いね。こうと決めたら一直線。俺の家に押しかけてきて、そのまま居ついたわけよ。そうなると親も折れてね。俺達は今もラブラブだよ」

「ちょっとそれはどうかな。この間は『離婚だ』って言ってなかった?」

「それはそれ、若者にはわからない大人の事情がある。一晩寝れば忘れることだってあるんだから。お前も結婚すればわかるよ」

周りの人がくすくす笑っている。

それぞれに結婚に至る話は様々で、身近な人でも知らないことがあり、話は盛り上がりを見せた。

離婚に至った話も出た。

「なんでまた。子供もできてうまくいっていたんじゃないの」

「うまくいっていると思っていたのは俺だけだったんだ。子供を連れて『実家に行ってくる』と言ってそのまま帰らなかったんだ」

「帰って来いと言わなかったの？」

「言ったさ。嫁がいないと家がうまくまわっていかないからね」

「なのにどうして」

「すでに出る前から男がいたんだ。すっかり子供もなついていてね。計画的だったんだ。向こうの親だけならいいが、うちの親まで嫁の肩を持つんだから」

「何がそうさせたか心当たりはないの」

「まあ、して言えば俺がモテすぎたのがいけなかったのかな」

「モテすぎるという顔はしていないんだと思うんですが」

「お前ねえ、男は顔だけじゃないんだよ」

「じゃ、何だったんですか」

「フットワークが良すぎたのかな」

「フットワークが良すぎるって？」

「誰かれなく女に声をかけるってことだよ。こいつ何度も嫁を泣かせていたんだ」誰かが言った。

「フットワークがいいだけで女に好かれるもんですか」

「女は嫌いな相手でも何度も好きだ、好きだと言われている間に好きになることもあるんだ」

「好きになってくれなくって、ストーカーに間違われて警察に通報されたことがなかったっけ」

「この野郎！」

「あ、危ねえ」

摑みかかられそうになって口を挿んだ人が逃げる一幕もあった。

話を振られてもう一人の男が話し出す。

「俺は東京の大学を出て卒業と同時に、ある会社に勤めていた。同僚の女の子と結婚したんだが、会社が倒産し、親の勧めもあって農業に転職したんだ。それまでは専業主婦だった生活が一変、妻は近所付き合いを嫌がり、身を粉にして働く生活が嫌で農家の嫁が務まらなかった。ひと月もしないうちに子供を置いて家出、子供は実家の世話になっている」

この話を聞いて、藤也は我が事のように感じた。子供が残っただけ彼のほうが幸せなのではと思ったが、将来の再婚を考えると複雑な思いがしたのだった。

「それで知子とは？」

市太郎が真顔になった。おちゃらけムードが消え、座が静かになった。

みんなの目が藤也に集まる。知子も姿勢を正した。

「許していただければ結婚をさせていただきたいと考えています」

「知子は再婚の男でいいのか？」

ひろ子の夫、陸が怒ったように言った。

周りに緊張感が漂う。

藤也は男っぷりがよく、背が高く筋肉質で知的、言葉や動きが洗練されている。片や陸は武骨に見えた。

「私は彼以外の人との結婚は考えられません」と、きっぱりと知子は言った。

陸と知子が睨みあい、火花を散らしたように見えた。

「知子も結婚適齢期、小田さんも悪い人ではなさそうだし、いい頃合いかもしれない。二人がいいならそれでいい」と市太郎が言う。

藤也はほっとしながらも知子と陸の間に何があったのかと思い、近くにいた姉のひろ子を見た。一瞬目が合ったが、ひろ子のほうが目を逸らした。次いで周りの人を見てみたが気まずそうだ。

藤也は緊張感漂うその場の空気を、意識的に和らげようと話題を桃の話に転じた。

「桃も多量生産となると大変ですね」

「そうだなあ」と市太郎が言うと、隣のあまり市太郎と歳の違わない男が、「桃の品種によっても違うからなあ」と言う。

藤也がその男を注視すると、

「白桃は晩成種で実が大きいんだ。糖度も甘くて食味はよいといいことだらけなんだが、花粉量の少ないのが玉に瑕だ。花粉量が少ないと、花粉量の多い品種の木を一緒に植えたり、人間の手で花粉をつけてやらなきゃいけない。この種は結構手間がかかるんだ」

「桃にも人間のように様々な特徴があってね」と、他の男達も話し出す。藤也が市太郎の義理の息子になるかもしれないと気を許したのかもしれない。品種の話、栽培の仕方、適した気候や管理方法、摘果、病気と症状、その対策、害虫の話、手間の作業等々、質疑応答しながら話は延々と続いた。

藤也は基幹産業である町の現状を話し、

「田畑って簡単に売り買いができないでしょう。遊休農地が増えているんです。それで……」

おせち料理を肴に酒を飲んでいた人達が藤也を注視する。

「果物って野菜より手間はかかるでしょうが販売価格が大きいと聞きます。僕はまだ兼業で駆け出しですが、将来的には農業一本で生計を立てたいと考えています。そうなると自分のことだけを考えて農業を続けるわけにはいかないと思うんです。農家って仲間を重んじる傾向がありますよね。町全体の収益を考えるとき、戦前桃農家をしていたという高齢の人達が生きているうちに何とか桃栽培を復活できないかと、一部の人と考えているんです」

藤也が言葉を切ると、

「農業を駆け出したばかりで夢だけは大きいんだな」

陸が皮肉を込めて言う。

「今時、農業をしようという青年が少ない中、夢とはいえ素晴らしいじゃないか」

市太郎が宥めるように言った。

「でも、お義父さん、桃栽培を甘く考えていますよ」

「陸義兄さん、何も話の腰を折ることないんじゃない」

つばさと積み木をして遊んでいた知子が顔を上げ、口を挿んだ。

ちらっと知子を見て、藤也がまた話を続けた。

「僕の住んでいる町の農業は今、衰退の一途をたどっています。若者が立ち上がらないと、団塊の世代の人が亡くなると農業が維持困難になります。現状では農家だけを責めるわけにはいきません。維持できる環境が必要なんです。今から六次産業や観光農園を視野に入れた働き方も考えなくてはならないと思います。会社方式にして収入の安定し、労働時間の見直しをしてシフト制にする。町独自の農業塾を開き、門戸を広くするなど工夫が必要と思われます。貿易も含めて農業を考えなくてはならない」

「それで、藤也さんは嘱託で会社に残ったのね」

驚いたように知子は言った。

「初めはそう深く考えていたわけではないんだ。農業を始めて周りの人の話を聞き、叔父に町の現状を聞いているうちにそう思うようになった。申し訳ないが今回、知子さんの実家が桃農園をやっていると聞き、叔父の期待もあって帰省に誘われた時、団欒を壊すようで悪いと思ったが、話を伺うチャンスだと思ったんだ」

「よかったわね、話が聞けて」

「実際にやっている人にお話を伺うのは、具体的で生活に密着したものだからね」

「俺らは桃以外のことはだめだけど、桃のことは聞いてくれ」

森ちゃんと呼ばれていた四十代の男が言った。

「人を使うのは大変だ。生活の保障、健康管理を万全に期しなければならない。教育も必要だしな。わが農園は会社方式にして事務、営業、作業部門に分けてやっている。税理士や行政、銀行にもお世話になっている。ＪＡ、農業大学とも連絡を取り合い、定期的に勉強会も開いているし、交代で講習会にも参加させている。定期的に会合を開き、問題点は早期に解決する。解決できない場合目標だけはしっかり立てる。目配り、気配りが大変だよ。農業といえども」

市太郎が言う。一代でこれまで大きくした人の言葉には重みがあった。

「協力できることがあればいつでも言ってくれ。相談に乗るよ」

市太郎の言葉に周りの人達が頷いている。藤也は礼を言い、深く頭を下げた。

「こいつはなあ、とっつきは悪いが男気のあるやつで、勉強熱心で頼りになる男だ。

将来、我が農園をしょって立ってくれると楽しみにしているんだ」

市太郎は顎で陸を示した。

陸は顔を赤くして俯いている。周りはにこにこ笑っていた。

藤也は市太郎に人使いのうまさを感じた。

酒に酔った人達が炬燵でごろ寝を始めた。


藤也はひろ子の案内で農園見学をさせてもらう事になった。正月早々悪いと思いながら言い出せずにいたのだが、ひろ子からの申し出にほっとしていた。知子が一緒に来ようとしたが「親孝行に来たんでしょ。お父さんのお気に入りなんだから一緒にいてあげなさい」と一蹴されてしまった。藤也はひろ子が自分に対して何か話したいことがあるようだと感じていた。

知子は渋々ながら家に残ることになった。

「今夜はお泊りになりませんか」

「ありがとうございます。実は昨年父が亡くなり、今朝、結婚した妹家族が母を気遣い実家に来てくれているんです。妹は夫の実家にも顔を出さなくてはなりませんので帰ってやりたいと思います。次の機会にはお世話になりますので今日のところは申し訳ありませんが……」

「そういうご事情であれば強いることはできませんね」

二人は桃農園に入った。

「今はね、施肥の季節なの。作業手順は一度覚えれば簡単だけど、覚えるまでがね」と言う。歩く頻度の高い場所は踏み固められているが木の周りは盛り土され、藁が敷かれている。

「なんでもそうなんだろうけど、結構デリケートでね、摘果まではよく見守って世話をしてやらないと縮葉病や灰星病にかかると大変。対策が必要だし、アブラムシやシンクイムシが付くしね。結構管理が必要なのよ。それだけに摘果するときの感慨は言いようのないものよ」

「米や野菜もそうですよ。僕はまだ手探りですけどね。考えるとどんな職業でもプロの仕事は苦労と達成感があると思いませんか」

「そうですね。そう思います。それはそうと、さっきはごめんなさい。陸が嫌な思いをさせてしまって」ひろ子は立ち止まり頭を下げた。

「大丈夫です。気にしないでください」

「実は彼、農家の次男で農大を出て家で働いてくれるようになったんだけど、以前、知子に好意を持っていたの。だけどあんな人でしょう。知子は彼から離れたくて東京の大学に入ったの。父が陸を気に入って私との結婚を望み、受けて結婚してくれたんだけど、やはり知子のことが忘れられないのね。私は長女だから婿を取ることを覚悟していたんだけど、今日みたいなことがあると穏やかでいられないこともあるのよ」

藤也は黙って聞いていた。

「初めての人にこんな話をしてごめんなさい。小田さんの人柄に触れてつい話したくなってしまったの」ひろ子が目を伏せて歩く。

藤也は紀子との事を考えた。『自分だけではどうにもならないことがある』様々な事を乗り越えて互いに理解し、支えあい愛し愛されることもあるだろう。多様な人々、多様な人生。聞いてもらえるだけで慰められることもある。今は聞くことに徹しよう。藤也の思いが通じたのかひろ子は笑みを見せた。

事務室、機械倉庫、作業棟、加工棟、職員宿舎、食堂、売店。売店には周りから依頼された商品も並んでいる。職員募集は地域の人の手を借りることが多いが、時にはインターネットで募ることもあるという。ホームページも立ち上げていた。藤也は家に帰り次第検索してみようと考えていた。

外来者用のトイレがあった。広くて清潔、身障者に優しいトイレだった。市太郎の人柄がわかるような施設だ。

「管理が大変でしょう」と、藤也が言うと「私はほとんど事務だけですから。実務は手分けしてやりますし、教育係がしっかりしていますから。近所の方達がよくしてくれますし」と、ひろ子がにっこり笑った。

母屋に帰った。市太郎は疲れてつばさと昼寝の最中らしい。時計を見ると三時を過ぎていた。

藤也が知子を置いて帰宅の途に就こうとすると、知子が一緒に帰りたがった。

「知子、お父さんのために一晩くらい泊まりなさい」と、ひろ子が言い、渋々知子は泊まることになった。

帰る前に藤也を自分の部屋に案内した。知子の部屋も二階の見晴らしのいい部屋だ。壁にかけていたギターが藤也の目につき聞かれるままに答える。

「高校時代はバンドを組んで活動していたのよ。プロになりたかったけどある時から現実に目覚め大学に進学したの。藤也さんは楽器を何かやってるの？」そう言いながらギターを久しぶりに手に取った。

「小さい頃、母の勧めでピアノを幼稚園の頃から少し。バスケットに出会ってからはやめてしまった」

藤也が知子の手からギターを取るとさわりを奏でる。

「ギターもやるの？」知子が目を輝かせる。

「これも少しね。高校の頃友達に教わったんだ。でも、多分君のようには弾けないだろうね」藤也はそういうとギターを知子に返した。

目と目が合った。知子の期待が高まる。藤也が知子の肩を抱いた。知子の手が藤也の首にかかる。胸の高鳴りを感じながら唇を合わせる。藤也の手が知子の胸に背中にと伸び体を引き付ける。二人は何も考えられなくなった。その時、階段を上がる足音が聞こえた。ハッとして藤也が体を離した。知子もあわてて髪や衣類を整え、距離を置いた。襖の開け閉めする音がして静かになった。

「行かないと」藤也は時計を見ると立ち上がった。知子も続いて立ち上がる。

「さっきの結婚の話だけど、本当にいいんだね」

「ええ、私は一生、藤也さんといられるなんて夢みたいよ。姉さんも安心すると思うの。もしかしたら陸義兄さんの事聞いた？」

「聞いたよ」

「それでも、いいの？」

「義兄さんとはなんともなかったんだろう。もしあったとしても僕は構わないよ」

「何かあったなんて想像するだけでもいやよ。私は藤也さんだけよ」

「わかっている。僕はできるだけ早く結婚したい。母と君の家族を会わせたいし、準備もある。それに互いの家は春には忙しくなる。その前に結婚しないか」

知子の目が輝く。

「私は、明日でもいいくらい」

「そうはいかないだろう。正月明けに婚約指輪を買いに行こう」

知子は思わず藤也に抱きついた。

藤也は知子を抱きしめ、激しく長いキスをした。


藤也は茨城に一人で帰り、夜遅くなっていたが妹は家族と共に土浦に帰った。

「どうだった。知子さんのご家族は？」

「いい人達だった。農業は桃だけど学ぶことが多かった。僕は知子との結婚を考えている。母さん、賛成してくれるよね。できれば田畑が忙しくなる前にと考えているんだけど」

「そうなると思った。知子さんみたいないい子はめったにいないよ。大事にしないとね」

「ところで、母さん。近々時間取ってもらえないかなあ。群馬の花田さん家族に会ってもらいたいんだ」

ということで、藤也は知子に連絡を取り正月明けの土曜日に双方の家族が会うことになった。

正月明け、家族がそれぞれに帰り山岸が小田家に帰ってきた。会社の仕事も再開され、また何かと忙しい日常が戻ってきた。双方の家族の顔合わせもうまくいき話はとんとん拍子に進んでいる。特筆なのは予期しなかった陽子と市太郎の関係だった。二人はすぐに意気投合し、何かと電話やインターネットで連絡をしあっている。近々、上野で落ち合い食事を共にするようだ。陽子のバッグの中にはまだ、進の写真が入れられたままだが。

「退社後、指輪を買いに行こうか。君の都合はどう？」

前日に、知子のアパートに泊まった藤也が言った。

「わかりました。大丈夫、予定はありません」

知子は嬉しさのあまり次の言葉が出せなかった。

藤也は頷くと「どこの宝石店がいいか」と、希望を聞いた。知子には宝石収集の趣味はなく、いくつかある装飾品は安いものが多く、友人と遊びに行った先の道端で物色して買ったものや、お祭りの屋台店で買ったものがほとんどだった。唯一宝石といえるものは大学時代のクリスマスに姉に贈られた十八金のネックレスぐらいだった。

「宝石店に行ったことがないの」

知子は赤くなりながら藤也に言った。

退社後、待ち合わせの喫茶店から、藤也の誘いで東京・青山の宝石店に行った。洗練された街だった。高級店が並ぶその中に目的の宝石店があった。

ショーウインドウに並ぶ宝石は知子のお給料では買えないものばかり。藤也をそっと見上げると臆している様子はなく、高級店にふさわしいいでたちの店員に目的を告げている。二人は小ケースの中をのぞいていたが、やがて店員に声をかけた。店員は二人を見てにっこり笑うとソファーに案内し、ショーケースから指定のいくつかの宝石を持ってきて目の前のテーブルに置いた。

知子は戸惑い決められないでいると、「これなんかどう?」と藤也が一つの宝石を示した。知子は手に取り薬指にはめてみる。藤也を見ると笑顔で知子の選ぶ姿を眺めていた。指輪を外し次の宝石を指にはめ手を目の位置に持っていくと光にかざした。どれもが素敵だった。何度かはめたり外したりしたが、店員は辛抱強くそばにいて二人の様子を笑顔で見守り、特に聞かれないと言葉を挟むことがなかった。決められないでいると藤也が選んでくれた。ダイヤモンドだった。左の薬指で光っている。「素敵な指輪」と思わず口に出した知子は値段を見て藤也を見ると彼は頷き店員に「これを」と言って買ってくれた。

知子は幸せだった。夢に見た藤也と結ばれる願いがもうすぐかなえられるのだ。鑑定書と宝石が納められた箱を受け取り大事にバッグにしまった。

夜が深まり街はきれいで静かだった。胸がいっぱいで無言で指を絡めて歩く夜。空には星がいくつか瞬いていた。二人を祝福するように。

山岸の生活にリズムができた。早朝、藤也と農作業を共にして、朝食を食べた後はあれこれと家屋や納屋などの修理にいそしみ、作業のない時は、自宅に帰って日中を過ごす。昼は自分でまかない夕食を共にして入浴後は就寝する。時には近所の人がやってきて山岸の腕を見込んであれこれと修理の依頼があり、それに快く答えて出かけることもあった。

藤也は叔父から聞いてシルバー人材センターの存在を知っていた。

「山岸さん、工務のすごい腕があるのにこうしているのがもったいないような気がします。叔父から聞いているシルバー人材センターというところに一度行ってみたいんだけど一緒に行ってくれませんか」

ウィークデーのある日、藤也は山岸を誘ってみた。

「存在は以前どこかで聞いたことがあるような気がするが、何処にあるのか、どういうことをしているのか知らないでいる。行くんなら行ってもいいよ」

その返事を聞き、早速電話をかけてみると、「どうぞおいでください」と快い返事をもらえた。

二人はさっそく車で出かけた。狭い町なので五分もしないうちについた。

事務所は学校に近い田んぼのそばにあった。応対に出た男性は七十歳前後の腰の低い人だった。

「何年か前までは定年を迎え、年金をもらうまでのつなぎとして始まったのですが、老人といっても昔と違って体力、知力ともにみなぎり見た目も若く、まだまだ十分に働けるんです。それに様々な専門職に就いていた方々も多いので、役所や民間の依頼を引き受け、喜んでいただいています。仕事をするにはまず会員になり、保険に入っていただきます。そして依頼があればその仕事に適した方に連絡を取り、道具は自分持ちという形で個人の請負で仕事をしていただいているんです。現金の受け渡しはなく振り込みにしていただいているんですよ」

パンフレットを二人に渡しながら話を続ける。

「需要と供給のバランスをとるのが難しいんです。人材が不足しています。ぜひ会員になっていただけませんか」

山岸に顔を向け、話を振った。藤也は年齢的に該当しないと考えたようだ。山岸は藤也に顔を向け、意見を求める風だったが藤也が笑顔を向けると決心をし、差し出された申込用紙に記入した。

それからしばらくたって仕事の依頼があった。家屋の補修工事だった。山岸の客に対する応対や、見事な作業が客を引き付け、個人的な依頼も来たが、それは丁寧にお断りすることになった。仕事はあくまでもシルバー人材センターを通すことが原則だったからだ。

二月、ジャガイモを植える季節になった。大量の種芋のジャガイモを切り、灰をまぶして準備する。

「こんにちは」

玄関で女性の声がした。陽子が応対に出た。山岸にお礼に来たという。納屋の山岸に声をかけるとやってきた。

「ああ、あの時の」と言うと笑顔になり頭を下げた。

「その節はお世話になりまして」

と、女性も笑顔を返し、お礼の品を差し出した。一度は断ったが二度目には受け取らざるをえなくなった。

女性は山岸と同年代で横浜から町に越してきたばかり。買い物に出たが帰りの道がわからなくなり、家まで送ってもらったのだという。都会暮らしだったせいか垢ぬけていて、白髪に紫の部分染め、お化粧を施し、衣類もピンクの混じった明るい色でまとめられ、それがまたよく似合っている。スカーフのあしらいも素敵だった。

女性は佐藤加奈と名乗った。

加奈はしばらく納屋で過ごし、ジャガイモの準備作業をみていた。早めにおやつの時間にしてコーヒーを出し、加奈の持参した洋菓子をいただいた。

いつの間にか互いを紹介しあっていた。

加奈は再婚の男性と結婚し相手の連れ子の小学生を頭に三人の息子達を育て、夫が亡くなり一人暮らしをしていたが、将来を心配した三男が二所帯住宅を建て呼んでくれたのだという。住んで一日、二日はよかったが、環境の変化に戸惑い、子供に手がかかる息子の嫁とは十分な交流がなく毎日をどう過ごしていいのか少し悩んでいるという。

「よかったらいつでも遊びにいらしてください。老化は足からといいますでしょう。暖かい時間に散歩がてらに立ち寄ってください」

陽子が言う。

「留守にする時もあるが、誰かしらここにいるから。たまにお手伝いを頼むことがあるかもしれないし。一人で鬱々していると体に悪いよ。僕も経験しているからわかるけど」

山岸が言った。

「ありがとうございます。お役に立てるかどうかわかりませんがお手伝いをさせてください」

加奈の目が輝く。その日から交流が始まった。

藤也や知子とも知り合いになった。三月の結婚を控え二人は忙しかったが、加奈の存在はありがたかった。様々な経験をした人のアドバイスは貴重だったからだ。

エピローグ

陽子は淡々と日常を送り、時々知子の姉のひろ子や父親の市太郎とメール交換をし、三月の藤也と知子の結婚式を楽しみにしている。

四月議会の準備が整った叔父は、会合の帰りがけ藤也に小声で言った。

「お前の家はまるで老人ホームだな」ニヤッと笑い、「頼りにしているからな」と、ポンと背中を叩かれた。

山岸は生きがいを見つけ、せっせと働いている。加奈が加わり毎日が楽しそうだ。

加奈は毎日のようにやってくる。土いじりが楽しみなようだ。

「落ち着いたら茶道をやってみない」と、熱い目で知子に勧めている。女の子を持つのが夢だったそうだ。

久しぶりの土手に立つ。筑波山がくっきり見える。目の前をゆったり流れる川。田圃はまだ冬の景色だが数ケ月で早苗が若草色の絨毯のように広がる。

モノクロの町が龍ケ崎市のほうから昇ってくる日の出と共に色彩のある風景に変わっていく。

藤也は知子の肩をそっと抱いた。

『めぐみの町』に住む幸せを、二人はしみじみと噛みしめていた。

著者プロフィール

しろいくも

和歌山県生まれ。

茨城県在住。

既刊『八百字のスケッチ』かじなし みき著（2003年　文芸社）

めぐみの町で

2021年６月15日　初版第１刷発行
2022年12月25日　初版第２刷発行

著　者　しろいくも
発行者　瓜谷 綱延
発行所　株式会社文芸社
〒160-0022　東京都新宿区新宿１－10－１
電話　03-5369-3060（代表）
03-5369-2299（販売）

印　刷　株式会社文芸社
製本所　株式会社MOTOMURA

©SHIROIKUMO 2021 Printed in Japan
乱丁本・落丁本はお手数ですが小社販売部宛にお送りください。

送料小社負担にてお取り替えいたします。

本書の一部、あるいは全部を無断で複写・複製・転載・放映、データ配信することは、法律で認められた場合を除き、著作権の侵害となります。

ISBN978-4-286-21028-5